전생부터
다시

홍성은 장편소설
FUSION FANTASTIC STORY

Re Pre Life

전생부터 다시 5

홍성은 장편소설

초판 1쇄 찍은 날 § 2017년 6월 22일
초판 1쇄 펴낸 날 § 2017년 6월 29일

지은이 § 홍성은
펴낸이 § 서경석

편집책임 § 이지연

펴낸곳 § 도서출판 청어람
등록번호 § 제387-1999-000006호
등록일자 § 1999. 5. 31
어람번호 § 제1-2720호

주소 § 경기도 부천시 부일로 483번길 40 서경B/D 3F (우) 14640
전화 § 032-656-4452 팩스 § 032-656-4453
http://www.chungeoram.com
E-mail § chungeorambook@daum.net

ISBN 979-11-04-91380-8 04810
ISBN 979-11-04-91240-5 (세트)

5

전생부터 다시

홍성은 장편소설

FUSION FANTASTIC STORY

Re Pre Life

도서출판 청어람

전생부터 다시

Re Pre Life

목차

33장 리히텐베르크류 II   7

34장 격이 다르다   27

35장 봉기   55

36장 감사합니다, 스승님   89

37장 전면전   123

38장 전리품   179

39장 신경지   203

40장 신경지… 가 아니라   227

41장 궁정 마법사   241

33장
리히텐베르크류 II

"주군께서 돼지가 다 크면 리처드 남작을 초대하라고 명령을 내리셨지만, 나는 올해의 첫 돼지는 그대에게 대접해야겠다고 오래전부터 생각하고 있었다."

바투르크는 그렇게 말하며, 축사에서 튼실하게 살찐 돼지를 한 마리 끌고 왔다.

"겨우내 도토리를 먹여 공들여 키운 돼지다. 그중에서도 내자랑인 암돼지다. 살이 고르게 올랐고, 아직 새끼를 낳지 않았다."

끌려온 돼지는 자신의 운명을 직감한 건지 꽥꽥대며 저항

했지만, 바투르크 정도의 기사를 상대로 제대로 저항할 수 있을 리 없었다.

"사실 돼지고기는 도축한 후 며칠 숙성시키는 것이 맛있지만, 첫 돼지를 먹는 데 의의를 두는 만큼 이해를 바란다."

바투르크는 도축용 칼을 꺼내 돼지의 멱을 딴 후, 횃불을 대어 돼지 털을 깔끔하게 다 태웠다. 오크의 손길이라고 보기에는 지나치게 섬세했지만, 바투르크가 기사임을 떠올리면 별로 이상한 일도 아니었다.

그렇게 사전 작업을 마친 바투르크는 다시 칼을 잡고 공력을 담아 순식간에 돼지를 해체했다. 그렇게 해체된 통돼지 고깃덩이를 갈고리에 매달아 피를 뺐다. 돼지 배 속에서 꺼낸 내장은 부위별로 분리해서 적절한 처치를 했다.

"벌써 입맛이 돈다. 하지만 돼지 요리는 공을 들여야 한다."

바투르크는 피가 낭자한 도축장에서 해체된 돼지를 보고 입맛을 다시면서도 오크 특유의 식욕을 참아냈다.

"다른 인류 종족들은 이 부위가 싸구려고 맛이 없다고 하는 경향이 강하지만, 나는 그렇게 생각하지 않는다."

바투르크는 내장 작업을 하는 동안 어느 정도 피가 빠진 통돼지 고깃덩이에 다가가, 돼지 삼겹살 부위를 가리키며 말했다.

"이제 다른 어디서도 맛볼 수 없는 최고의 맛을 보여주겠다."

그렇게 말한 바투르크는 두껍고 무거운 도축용 칼을 섬세하게 움직이기 시작했다. 삼겹살 부위가 마치 생선회처럼 얇고 균일하게 썰려 나왔다. 그 기름진 부위를 설마 회로 먹지는 않겠지, 로렌은 생각했다.

　"됐다."

　삼겹살 부위를 다 썰어낸 바투르크는 어느새 땀이 송골송골 맺혀 있던 이마를 수건으로 닦아내며, 잘 저민 돼지고기를 로렌에게 내밀었다.

　"설마… 생으로 먹는 겁니까?"

　"그럴 리가 없다. 아직도 오크를 야만족으로 보는가?"

　바투르크는 짓궂게 웃고는 불 위에 도축용 칼을 올려두었다. 칼은 금세 달아올랐다. 그러자 바투르크는 저민 돼지고기를 하나씩 칼 위에 널기 시작했다. 치이이익, 하는 소리와 함께 돼지고기가 익어가기 시작했다.

　그걸 보며 로렌은 생각했다.

　'삼겹살 구이잖아, 이거!'

　다른 어디서도 볼 수 없는 최고의 맛이라고 해서 잔뜩 기대했더니, 로렌이 김진우일 때 한국에서 먹었던 바로 그 삼겹살이었다.

　지나친 기대에 따른 실망과는 별개로, 로렌의 입안에는 조건반사적으로 침이 잔뜩 고였다. 돼지기름이 불 위에 뚝뚝 떨어지면서 맛있는 냄새를 퍼뜨리기 시작했기 때문이었다.

하기야 아무리 지구에서 실컷 먹었다 한들, 인류 문명이 멸망해 혼자 남겨진 시간이 길었던 터라 삼겹살이란 걸 맛보는 게 얼마만인지 기억도 안 났다.

추억의 맛이다!

'아, 이거 먹으면 울 것 같은데.'

그렇다고 안 먹을 건 아니었다. 그 선택지는 아예 존재하지도 않았다. 설령 지금 와서 바투르크가 변심해서 갑자기 못 먹게 막더라도, 억지로 빼앗아서라도 먹을 생각이었다.

"첫 한 점은 양보하겠다."

로렌과 마찬가지로 입에서 침을 질질 흘리고 있는 바투르크가 그렇게 말했다. 오크인 그가 얼마나 대단한 양보를 했는지, 로렌은 십분 이해하면서도 단 한 번도 사양하지 않고 곧장 꼬치를 두 개 들어 젓가락처럼 사용해 고기 한 점을 집어 올렸다.

소금도 없다. 참기름도 없다. 오직 고기뿐이었다.

그런데 어떻게 이렇게 맛있을 수가 있단 말인가.

로렌의 눈에서 한 줄기 눈물이 떨어졌다.

동시에 그의 위장에서 공력이 피어올랐다. 원인이야 분명했다. 돼지고기였다.

"이해한 모양이다."

바투르크가 흡족한 목소리로 중얼거렸다. 이미 그 입안에 고기가 한 가득 들어가서 알아듣기 힘들었지만, 그 의미만큼은 확실히 전달되었다.

"이것이 공들인 돼지의 맛이다."

*　　　*　　　*

로렌과 바투르크는 한 마리의 돼지를 온갖 요리법으로 조리해 먹었다. 족발은 쪄냈고, 등심은 튀겼으며, 안심은 구웠다. 그렇게 먹고 나자, 어느새 로렌의 이심은 공력으로 가득 차 있었다.

리처드 남작의 소 한 마리를 먹었을 때는 이런 현상이 없었는데, 바투르크의 돼지를 먹었을 때는 다른 이유를 물었더니 바투르크는 이렇게 설명했다.

"그야 그대는 리히텐베르크류의 가르침을 얻었으니, 따로 가르치지 않아도 바투르크류의 돼지 요리를 소화시키는 법을 깨우쳤을 것이다."

"바투르크류의 돼지 요리로군요. 리히텐베르크류가 아니라……"

"그렇디. 이건 내가 만들어낸 요리법이니, 내 이름을 붙이는 게 당연하다."

바투르크는 자부심에 찬 목소리로 말했다. 그러나 그 목소리도 오래 가지는 않았다. 이어지는 이야기는 다소 풀이 죽은 목소리로 나왔다.

"사실은 리처드 남작의 '소 한 마리' 요리를 따라 한 것이니, 완전히 내 오리지널이라고는 할 수 없다."

"그 정도면 그냥 영감을 얻은 정도 아닌가요? 따라 한 건 아닌 것 같은데."

"그건 그렇다!"

로렌의 위로에 바투르크는 다시 힘을 얻었다.

"고기를 먹을 뿐인데 대량의 공력을 얻을 수 있다는 이야기 자체를 리처드 남작에게서 처음 들었다. 하지만 같은 고기를 나눠 먹었는데도 리처드 남작과 달리 나는 공력을 얻을 수 없었다. 처음에는 그것이 단순한 재능의 차라고 생각했다. 그런데 그게 아니었던 거다."

바투르크의 목소리에 열기가 더해졌다.

"내게는, 그리고 우리 리히텐베르크류 기사도의 가르침을 받은 기사들에게는 다른 요리가 필요했던 거다. 나는 그것이 돼지 요리라고 생각했다."

소가 아니니까 돼지겠지. 오크답게 단순한 논리였으나, 그 논리가 맞아떨어졌으니 웃을 수 없었다. 로렌은 정말로 돼지 한 마리에서 공력을 얻어냈으니까.

"보통 돼지를 평범하게 요리해서는 이런 효과를 얻을 수 없다. 시행착오를 거듭하며 무엇이 문제인지 찾았다. 발레리에 대공의 밑에서 일하게 되어, 윈너델의 고급 돼지를 접하고는 나는 내 생각이 틀리지 않았다는 것을 깨달았다."

틀리지 않았다니, 윈너델의 돼지를 먹어서 공력이 차오른 건가? 로렌은 일전에 윈너델에 가서 고급 돼지 요리를 마음껏 즐긴 적이 있지만, 공력이 차오르는 걸 느끼지는 못했다. 물론 그때는 아직 리히텐베르크류 기사도를 전수받지 못한 때이긴 했지만······.

로렌의 물음에 바투르크는 고개를 저었다.

"내가 그때 얻은 건 힌트였다. 리처드 남작의 소 한 마리는 맛있었다. 보통 맛있는 게 아니었지. 그냥 돼지를 먹는다고 능사가 아니라, 좀 더 맛있는 돼지를 길러내는 것이 답인 걸 깨달은 거다."

논리적으로 뭔가 이상하다 싶지만, 상대는 오크다. 굳이 따지고들 필요가 없었다. 게다가 어쨌든 바투르크는 정답에 도달했다. 로렌은 그냥 잠자코 듣기로 했다.

"그렇게 내가 새롭게 얻게 된 또 하나의 결론은 내가 직접 돼지를 먹이고 기를 필요가 있다는 것이었다. 다시 시행착오를 거듭하며 나는 직접 돼지를 키웠다. 먹이를 바꿔보기도 하고, 축사를 바꿔보기도 했다."

발레리에 대공에게서 기사 작위를 받아 장원을 운영하던 시절이니 자금에는 별 곤란함이 없었으리라. 하지만 동시에, 바투르크의 그런 '실험'에 지출된 자금은 발레리에 대공이 그를 해고하는 데 일조했으리라는 생각도 들었다.

"10년에 걸친 세월 끝에 어느 정도 답을 얻었을 때는 나는 더 이상 기사가 아니게 되었고, 장원도 빼앗겨 더 이상 돼지를 기를 수 없게 되었다. 로렌, 그대가 나를 찾아왔을 때 먹은 돼지가 내게 남은 마지막 돼지였다."

로렌은 바투르크를 처음 만난 날을 상기했다. 그러고 보니 술집의 주인장이 바투르크를 불쾌한 듯 노려보고 있었다. 그런가, 그 돼지는 바투르크가 가져온 거였나. 안주는 안 사먹고 밖에서 가져오다니, 술집 주인장 입장에선 불쾌해할 만도 했다.

"그 마지막 돼지를 내 위장 속에 밀어 넣으며, 나는 드디어 마지막 의문을 해결했다."

그 말을 할 때의 바투르크는 눈물을 글썽이고 있었다. 그간 해온 고생이 생각나는 모양이었다. 바투르크라고 원해서 술집에 자기 돼지를 갖고 갔겠는가. 눈칫밥을 먹으며 도달한 결론이니 눈물이 날 만도 했다.

"그리고 그대가 내게 기사의 생을 다시 주었다. 충성을 바치기에 합당한 주군과 함께, 나는 돼지를 기를 수 있는 장원을 손에 넣을 수 있게 되었다. 그렇기에 나는 이 요리를 완성할 수 있게 되었다."

바투르크는 자랑스럽게 선언했다.

"그렇게 완성된 이 요리가 바로 이 바투르크류 돼지고기 요리, '돼지 한 마리'다!"

요리 제목 자체는 너무 리처드 남작의 '소 한 마리'를 따라한 것 같았다. 하지만 중요한 건 그런 게 아니었다. 정말 중요한 것은 바투르크의 노력이 결실을 맺었다는 것, 그리고 이 '돼지 한 마리'라는 요리가 맛있다는 점이었다.

"감사한다, 로렌. 이 요리가 제대로 완성된 건 어디까지나 그대 덕분이다. 그대에게 첫 돼지를 먹여야겠다고 생각한 이유가 이것이다. 그리고 이 돼지를 완성할 수 있게 도와준 그대는 아직 합당한 보상을 전부 다 받지 못했다."

바투르크는 오크식으로 웃었다.

"이심의 공력이 충분히 채워졌을 것으로 믿는다. 창을 든다. 다시 수행을 시작한다."

*　　　　　*　　　　　*

잠도 자지 않고 오로지 창만 휘둘렀다. 공력이 떨어지면 돼지를 먹고, 다시 창을 휘둘렀다. 바투르크가 첫 돼지를 주겠다는 건 한 마리가 아니었던 모양이었다. 로렌은 일주일 동안 열한 마리의 돼지를 먹었다. 돼지를 먹거나 창을 휘두르거나. 요 일주일간 로렌의 일상에는 그 두 가지 선택지밖에 없었다.

공무를 대행해 주고 있는 라핀젤과 레윈에게서는 별다른 특이한 연락이 찾아오지는 않았다. 자작령에 무슨 일이 생기면 실질적인 영주인 로렌은 바로 공무에 복귀해야 했다. 하지만 그런 일은 일어나지 않았다. 로렌은 그것을 다행으로 여겼다.

"더 빨리! 더욱더 빨리!!"

바투르크는 계속해서 채근했다. 전신의 공력을 고루 써가며, 로렌은 더욱 빨리 창을 찌르려고 노력했다. 창극(槍戟)이 한계까지 뻗어나가는 속도가 빨라질수록, 로렌은 보지도 못한 곳에 도달할 수 있을 것만 같았다.

공력은 빠른 속도로 소모되고 있었지만, 예전보다 더욱 효율적으로 움직이고 있었다. 처음 창을 휘두르기 시작했을 때보다도 훨씬 빠른 속도로 창이 움직이고 있었지만, 공력이 바닥날 때까지의 시간은 점점 길어지고 있었다.

처음에는 5시간 정도로 공력이 바닥났지만, 지금은 대략 20시간 정도 연속으로 창을 휘두르고 있었다.

"더 빠르게! 더, 더, 더!!"

바투르크의 채근은 이제 노랫소리처럼 들릴 정도였다. 이심의 공력이 바닥나고, 전신의 근육에 남아 있던 공력도 빠르게 타오르기 시작했다.

드디어 끝이 찾아온 것인가. 로렌은 생각했다.

끝날 땐 끝나더라도, 한 번이라도 더.

로렌은 다시 창을 내질렀다.

변화가 찾아온 것은 그때였다.

"……?!"

로렌이 바투르크에게 배운 창술의 기본 동작은 세 가지였다. 몸 안쪽으로 창을 돌리는 동작, 몸 바깥쪽으로 창을 돌리는 동작, 그리고 정면으로 찌르는 동작.

지금 분명 그 세 동작이 한 번에 이뤄졌다.

그게 말이나 되는 소린가. 말로 하면 헛소리라 할 것이고, 글로 써놔도 허구라 여길 것이다. 창은 하나고, 몸도 하나다. 동시에 취할 수 있는 동작은 하나뿐이며, 창 또한 그러하다. 이것은 절대적인 법칙이다.

그러나 분명. 로렌 본인도 믿을 수 없었지만 지금 분명.

세 동작은 하나였다.

머릿속이 새하얗게 타버리는 감각에, 로렌은 그 자리에 주저앉았다. 공력은 물론이고 전신의 근력마저 모조리 소모해 버린 탓이었다.

"축하한다."

바투르크가 그에게 다가와 손을 내밀며 말했다.

"그대는 드디어 리히텐베르크류 창술의 극의를 심득(心得)했다."

*   *   *

"본래대로라면 그대가 이 영역에 도달하는 것은 아무리 적어도 50년은 걸려야 했다. 그러나 그대에게는 재능이 있고, 시운이 좋고, 수완이 있다."

열두 마리째의 돼지를 도살하며, 바투르크는 그렇게 말했다.

"몸을 움직이는 재능은 평범하나 마법사라 그런지 공력을 다루는 재능이 탁월하고, 내게 다른 리히텐베르크류를 이을 만한 제자가 없었던 때에 나를 찾아왔으며, 리처드 남작이라는 망나니에게서 30년 분량의 공력을 뜯어낼 정도의 수완이 있다."

극찬이었다.

바투르크가 생략한 것도 있었다. 이심의 공력이 비어버릴 때마다 채워주었던 '돼지 한 마리'의 존재가 그러했다. 이 요리 없이 다른 방법으로 공력을 다시 채우고 잃어버렸던 집중력을 되찾아 깨달음을 얻으려 했다면 실제로 몇 배나, 몇십 배나 되는 시간이 걸렸을 것이다.

그리고 로렌의 빠른 성장에는 바투르크가 모르는 원인도 존재했다. 스칼렛의 존재가 그것이었다. 그녀가 없었더라면 로렌은 이심의 경지에 도달하지도 못했을 것이니, 로렌의 성장에는 그녀의 존재가 절대적인 영향을 끼쳤다.

하지만 로렌은 그걸 밝힌다든가, 아니면 숨겨야 한다든가 따위의 생각은 할 수 없었다. 지금은 스칼렛에 대해 떠올리지도 못했다.

바투르크 극찬을 들으며 로렌이 할 수 있었던 생각은 배가 고프다는 것 하나였다. 그는 그 정도로 심하게 소모되어 있었다.

더군다나 기실 그 극찬은 로렌을 위한 것이 아니었다.

"이 모든 것이 기연이니, 그대가 이렇게도 이른 시기에 괄목할 만한 성장을 이룬 것이리라. …이렇게라도 납득하지 않으면 이 우둔한 머리가 질시에 빠져 버릴 것 같다. 그대는 그 정도로 빛나고 있다."

삼겹살 굽는 냄새가 위장을 뒤흔들었다. 로렌은 조금 돌아온 공력을 써서 탈진했던 몸을 억지로 일으켜 세웠다.

어쨌든 먹어야 했다. 차라리 의무감이나 책임감, 아니, 강박에 가까운 그 생각만이 로렌의 신체를 지배하고 있었다.

마치 오크가 된 것 같았다.

"첫 고기 한 점은 그대의 것이다. 극의의 심득을 축하하는 한 점이다."

로렌은 감사의 인사조차 잊고 게걸스럽게 그 고기 한 점을 먹어치웠다. 열두 마리째의 돼지임에도 불구하고 질리지도 않는 극상의 맛이었다.

바투르크는 흐뭇하게 로렌이 고기를 먹는 모습을 감상했다. 물론 그 자신의 입에도 고기를 한 가득 채워 넣고 말이다.

$$* \qquad * \qquad *$$

"그대는 극의를 얻었으니, 극의의 이름을 알 권리를 얻었다. 그대가 익힌 리히텐베르크류 창술 극의의 이름은 비천뇌극창(飛天雷極槍)이라 한다."

비천뇌극창.

로렌은 속으로 그 이름을 되뇌었다.

"극의는 비전(祕傳)이니 가능한 한 숨기고, 타인의 눈에 닿지 않도록 한다. 같은 리히텐베르크류의 기사를 상대할 때라도 마찬가지다."

바투르크의 말을 들은 로렌은 다소 황당해 되물었다.

"그럼 이 극의를 사용할 때는 언제입니까?"

"최후의 때, 죽음을 각오한 때. 그 마지막 한순간만이 극의를 내보이기에 충분한 때이다."

정말로 마지막 수단으로만 쓰라는 바투르크의 말에 로렌은 그럼 이 고생을 하고 극의의 심득을 얻은 이유가 없지 않은가 생각했다. 그런 그의 생각을 꿰뚫어보기라도 한 듯, 바투르크는 곧이어 이렇게 말했다.

"그대가 얻은 극의는 굳이 극의를 직접 펼치지 않아도 그 심득이 창의 움직임에 영향을 끼칠 것이다."

로렌은 창을 들어보았다.

바투르크의 돼지 한 마리 덕분에 다시 이심에 공력이 차올라 있었다. 이제는 숨 쉬는 것처럼 익숙하게 창에 공력을 불어넣고 창을 휘두른 로렌은 깜짝 놀랐다. 창극을 한 번 내찌르는 데 소모되는 공력과 근력, 체력이 거의 없었다. 제로나 다름없었다.

그런데 이 파공음!

단순한 찌르기였지만 가히 필살의 위력이 깃들어 있음을 이제는 로렌도 알 수 있었다.

바투르크가 어째서 전장에 나가 쉼 없이 창을 휘두르고 찌를 수 있었는지 로렌은 그제야 이해했다. 비천뇌극창, 이 극의의 심득이 그것을 가능케 하는 것이다. 사람을 풀 베듯 힘을 들이지도 않고 베고 썰러 죽일 수 있는 힘을 가져다준다.

로렌은 자신의 무위가 완전히 다른 영역에 이르렀다는 것을 그제야 체감했다.

이심의 경지. 좋다. 가만히 있어도 사용했던 공력이 돌아온다. 이건 괜찮은 옵션이다. 하지만 그저 공력의 쌓고 씀을 더 편하게 해줄 뿐이다.

탈각의 경지. 이 경지에 오름으로써 로렌이 얻은 건 무궁무진하다. 그러나 얻은 것은 주로 마법 쪽에 작용했지, 그의 무위에는 그렇게까지 큰 영향을 끼친 것 같지는 않았다.

그에 비해 비천뇌극창의 심득은 실전 무공의 정수였다. 차원이 다르다는 말로도 모자라다. 로렌을 그냥 공력으로 신체 능력을 끌어 올려, 무기를 세게 휘두르는 힘만 센 어린애 수준에서 무사의 수준으로 끌어 올려준 것이다.

그 가치를 깨닫고 나서야 로렌은 비로소 바투르크의 앞에 무릎을 꿇었다.

"감사합니다, 스승님."

이런 어마어마한 것을 바투르크는 공짜나 다름없이, 아낌없이 로렌에게 가르쳐 주었다. 로렌의 성장에 자신이 질시를 느끼고 있음을 밝히면서도, 아무런 견제나 속임수도 없이 가장 빠르고 정확한 방법으로 극의를 전수했다.

마법사는 이러지 못한다. 절대로 이럴 수 없다. 로렌 하트도 그러했고, 로렌도 그럴 예정이었다. 제자가 자신을 뛰어넘는다? 용납할 수 없을뿐더러, 온갖 견제와 방해를 아끼지 않는 것이 평범하고 일반적이며 정상적인 마법사의 반응이었다.

어떻게 이럴 수가 있는가!

로렌은 바투르크를 차라리 경외의 시선으로 올려다보았다.

"…나는 그대를 존경한다, 로렌."

그런데 그 절을 받은 바투르크의 반응은 로렌이 전혀 예상하지 못한 것이었다.

"세상의 그 어떤 인간이 오크에게 그렇게 진심으로 감사하며 무릎을 꿇을까. 나는 오래 살았고, 나는 세상을 안다. 그런 내가 보건데, 그대는 그 어떤 세상 사람과도 다르다."

그러다 문득 픽 웃었다.

"아니, 나의 주군이 있군. 그런가, 군신은 닮는 법이라더니. 제1비서관은 확실히 다르군."

"모든 인류가 다른 모든 인류에게 정당한 예우를 하는 것, 그것이 제 주군이 꾸는 꿈입니다."

라핀젤의 꿈. 시대정신의 꿈.

지난 생애에선 너무 빨리 스러지는 바람에 불완전하게밖에 이뤄지지 않은 꿈.

그 꿈은 당분간은 로렌의 꿈이기도 했다.

"이 노구를 불태워 그 꿈에 이를 수 있다면 내 흔쾌히 이 목숨 하나 태우겠다."

그렇게 말하며 바투르크는 오크식으로 웃었다. 어금니를 내보이는, 다른 종족들은 보기만 해도 불쾌해하는 그 진실된

웃음을.

로렌은 마주 웃었다.

그가 불쾌해해야 할 이유 따윈 단 하나도 존재하지 않았다.

34장
격이 다르다

불행인지 다행인지, 로렌이 자릴 비운 동안에도 헨리 준자 작령에 머문 발레리에 대공의 군대는 별 행동을 일으키지 않았다. 오히려 더욱 모습을 꽁꽁 숨길 따름이었다.

　하늘에서의 정찰이 가능한 로렌을 상대로는 무의미한 짓이었지만, 만약 이 정찰이 없었더라면 갑자기 모습을 감춘 발레리에 대공군의 행방을 찾느라 기력을 허비할 뻔했다.

　실제로 에드워드 백작은 첩보를 입수하고 로렌에게 다급하게 공중정찰을 부탁할 정노였다.

　"필요한 때에 기습을 시키기 위해 매복시킨 것이겠지."

정찰 결과를 알려온 로렌에게 에드워드 백작은 그렇게 말했다.

"하지만 과연 발레리에 대공의 정병이라고 해야 할까, 그 규모로 움직이는 데도 흔적을 남기지 않다니. 놀라울 따름이로군."

에드워드 백작은 그렇게 감탄했지만, 로렌은 적을 칭찬할 마음이 들지 않았다.

"매복을 시킨다는 건 곧 작전에 투입된다는 의미니 별로 좋은 징조가 아닙니다."

"그렇겠지. 곧 뭔가 술수를 부려올 것이네."

발레리에 대공이 본대를 움직이려면 명분이 필요하다. 그 명분을 꾸며내기 위한 공작이 곧 이뤄지리라는 건 대공을 아는 사람이라면 능히 짐작할 수 있었다.

"어쩌면 이미 뭔가 수를 썼을 수도 있고."

그 수가 들어맞으면 발레리에 대공은 바로 선전포고를 해올 터였다. 하지만 로렌은 대공의 선전포고 자체는 별로 걱정하지 않았다.

그동안 필요했던 건 시간이었다. 그리고 로렌은 그 시간을 충분히 벌었다.

준비가 되었다.

마지막까지 아껴둬야 하는 게 로렌이라는 존재였지만 상대가 발레리에 대공이라면 아낄 필요가 없었다.

인간인 로렌이 마법사로서 크게 활약해 버리면 로어 엘프의 해방에는 도움이 안 돼서 정체를 드러내는 것은 피하고 있었지만, 지금의 그에게는 명률법이 있다.

여차하면 명률법을 사용해 모습을 로어 엘프로 바꾸고 '디셈버'로서 활약하면 된다. 이미 '디셈버'는 라핀젤 자작령 대학 학생으로 신분이 등록되어 있다. 이 전쟁에서 활약하는 마법사는 디셈버라는 천재로 세상에 알려질 것이다.

더군다나 우연히도 탈각의 경지에 이른 로렌은 마법 능력에 큰 진보를 이뤘고, 비천뇌극창의 극의를 얻음으로써 기사로서도 전장에 영향을 미칠 수 있게 되었다. 발레리에 대공 휘하의 마법사를 두려워할 필요가 없다는 의미다.

여기에 동맹군인 리처드 남작의 존재. 그의 절대적인 무위는 발레리에 대공의 어떤 기사도 뛰어넘을 수 없으리라.

그리고 남작의 약점인 물량을 채워줄 에드워드 백작의 존재. 이제는 목숨을 버릴 각오를 하고 혼자 대공의 군대에 들이박지 않아도 된다.

드디어 때가 되었다.

이제 발레리에 대공의 군대를 두려워할 필요는 없다. 닥쳐올 선전포고를 오히려 기대하는 심정으로 기다릴 수 있게 되었다.

오히려 두려워해야 할 것은 발레리에 대공의 책략이었다.

지난 생에서 리처드 남작의 팔다리를 다 떼고 일개 용병으로 내려앉힌 그 책략.

더군다나 지난 생과는 환경이 다르니 어떤 술수를 써올지
도 예상하기 힘들다.

"최대한 빨리 대공의 술수가 뭔지 파악해야 합니다."

"나도 같은 생각이네."

로렌의 생각에 에드워드 백작은 동의했다. 그게 쉽지는 않
을 것이라는 것도 아마 동의할 것이다. 그럼에도 그들은 해내
야 했다. 그것이 그들의 승패를, 성쇠를, 생사를 가를 테니까.

＊　　　＊　　　＊

에드워드 백작과의 회담을 마치고, 로렌은 다시 스칼렛에
올랐다. 목적지는 정해져 있었다. 그의 결전 병기가 있는 곳.
바로 그랑 드워프의 유적이었다.

"아닛, 자넨 누군가?"

란츠 드워프, 탈란델은 로렌을 보고 깜짝 놀라 그렇게 물었
다. 처음 봤을 때는 10대 초반처럼 보였던 소년이 지금은 10대
후반처럼 보이니 그렇게 물을 만도 했다.

하지만 로렌은 고개를 절레절레 저으며 말했다.

"내가 할 말이야, 탈란델."

탈란델의 모습도 변모해 있었다.

툭 튀어 나온 아랫배가 드워프의 종족적 아이덴티티라도 되나 생각한 적도 있었지만, 지금의 탈란델에겐 그런 모습이 보이지 않았다.

사람이 반쪽이 되어 있었다. 온몸의 지방을 쏙 빼버리고 살까지 깎아내어 버린 것 같은 모습이다. 피부마저 퍼석하고, 눈 밑도 움푹 패여 있었다.

그런데 그 두 눈은 뭔지 모를 기이한 빛으로 가득 차 형형히 빛나고 있었으니, 변모라는 단어를 쓰기에 딱 알맞았다.

"그냥 식음을 좀 전폐했을 뿐일세."

탈란델은 최근에 취미로 종이접기를 시작했다는 말이라도 한 것처럼, 별거 아니라는 듯 치워 버렸다.

"…먹을 거라도 좀 가져올 걸 그랬군."

"아니, 먹을 건 충분해. 자네도 알다시피 여긴 조상님이 남긴 전투식량으로 가득 차 있으니."

"음식이 있어봐야 뭐하나, 먹질 않는데!"

"어떻게 먹겠나!"

탈란델이 신경질적으로 외쳤다. 그 입술 끝은 비틀리듯 끌려 올라가 있었다.

그것은 미소였다.

다소 광기가 섞이기는 했지만 그 베이스는 분명 희열이었다.

"로렌, 로렌, 로렌. 나는 자네에게 감사하지 않으면 안 되네."

"감사? 그게 무슨 말인가?"

"내가 식음을 전폐한 이유가 자네에게 있기 때문일세."

"…내가 자네를 너무 혹사한 게 이유라면……."

"아니! 아니! 아니! 갑갑하군, 자네! 나는 분명히 말했어! 자네에게 감사한다고!!"

쇠를 긁듯 날카로운 목소리로 탈란델은 외쳤다. 그런 식으로 말해봐야 별로 감사받는 것 같은 기분도 들지 않았지만, 로렌은 어쨌든 입을 다물었다.

"아무래도 직접 보여주는 것이 빠르겠군."

"직접?"

"보게!"

로렌은 정체불명의 아우라가 탈란델의 주변을 떠도는 것을 보았다. 그리고 곧 그 아우라의 정체가 공력, 탈란델이 말하는 각인의 힘임을 알았다. 탈란델의 주위를 떠돌던 아우라는 한군데에서 멈추더니 반으로 쩌억 갈라졌다.

그렇게 갈라진 아우라는 뭉치고 뭉쳐 더욱 진해지고 단단해졌다. 그저 빛 무리 같은 것이 움직이고 있다는 느낌이었던 아우라는 어느새 그 빛을 잃고 그 대신 실체를 손에 넣은 듯 보였다.

"……!"

그것은 팔이었다! 탈란델의 어깨에 돋아난 또 다른 두 개의 팔! 실체가 아닌, 공력으로 이루어진……!

"보았는가, 로렌!"

탈란델은 광소를 터뜨렸다.

"나는 완전히 새로운 격(格)에 도달했네!"

격. 그것이 무슨 의미일까. 로렌은 생각했지만, 곧 그것이 기사도에서 말하는 경지를 뜻하는 말임을 알 수 있었다. 그런데 이 각인기예의 스승은 갑자기 왜 이전에는 쓰지도 않은 용어를 써가며 자신이 그 격에 도달했다고 하는 것일까?

"처음 조상님의 기록을 보았을 때는 이게 무슨 소리인가 했었지. 조상님은 이를 금강(金剛)의 격이라 부르시더군. 그 기록이 모호하고 추상적이라, 나는 이것이 단순한 은유인 줄 알았다네."

탈란델의 말을 듣고 로렌은 납득했다. 탈란델은 그랑 드워프의 유산에 비밀스럽게 숨겨져 있던 조상의 기록을 읽은 것이다. 그리고 그 내용에 따라 각인기예를 수련했고, 지금 말한 그 새로운 '격'에 도달한 것이리라.

"하지만 그렇지 않았어! 각인의 힘으로 이뤄진 또 한 쌍의 팔! 이것이 금강의 격의 실체일세!!"

탈란델은 완전히 흥분한 상태였다. 그 흥분 상태는 철야 후의 기묘한 상태와도 닮아 있었다.

기사의 그것과는 돌아가는 방식이 조금 달랐으나 본질적으로는 드워프 각인기예 장인의 각인의 힘도 공력과 같다. 각인의 힘 또한 공력과 마찬가지로 지친 육체에 힘을 불어넣고 계속 움직일 힘을 준다.

그 힘 덕에 탈란델은 먹지도 마시지도 자지도 않은 채로 몇 날 며칠이고 쉼 없이 망치를 두들겼을 수 있었으리라.

하지만 공력의 힘에 대해서 어느 정도 이해를 얻은 로렌은 탈란델의 상태가 위험하다는 것을 잘 알고 있었다.

공력으로 신체를 유지시키는 데는 한계가 있다. 사람이 살려면 잠을 자야 하고, 밥을 먹어야 한다. 육신을 가지고 물리 법칙에 얽매인 이상 당연한 것이다.

공력이라는 무형의 힘으로 당연한 법칙을 거스르려고 하다 간 생물이 당연히 이르게 될 최후를 맞이하게 될 것이 뻔했다.

"알았으니 그만하고 좀 먹고 마시게."

그래서 로렌은 간곡하게 탈란델에게 휴식을 권했다.

"자네는 이해하지 못하는가!"

"아니, 밥부터 먹고 생각하자고."

로렌은 한숨을 내쉬고 불이 꺼진 지 오래인 취사용 화덕에 불을 붙였다. 기본적으로는 맛이 없는 전투식량이지만, 굽고 데우면 나름 먹을 만한 음식이 된다. 팬 위에서 지글지글거리는 보존용 고기를 보고, 그리고 그 냄새를 맡고서야 탈란델은 비로소 날뛰기를 멈추고 조용해졌다.

"나도 먹을래, 로렌."

지금까지 가만히 있던 스칼렛이 입을 열었다. 조금 전까지는 탈란델의 기세에 눌려 주눅이 들어 있었다. 드래곤 주제에 소심한 게 귀여운 면이 있다.

"탈란델부터야, 스칼렛."

대충 조리를 마친 음식을 탈란델에게 권하자, 탈란델은 며칠이나 굶은 사람처럼 허겁지겁 음식을 먹었다. 아니, 실제로 그는 며칠이나 굶었다.

그렇게 어느 정도 위장을 채우고 나자, 탈란델은 그 자리에서 기절하듯 잠들어 버렸다.

누가 업어 가도 모를 정도로 푹 잠든 탈란델은 놀이에 실컷 열중해 있었던 어린애 같은 미소를 짓고 있었다.

"어휴."

로렌은 질린 듯 한숨을 내쉬었다.

"그런데 로렌."

스칼렛이 로렌을 불렀다.

"왜?"

"아까 탈란델이 금강의 격이니 뭐니, 그게 무슨 이야기야?"

"뭐? 네겐 그게 안 보였어?"

"보이다니?"

눈치를 보니, 스칼렛은 탈란델이 보여준 금강의 격을 아예 보지도 못한 모양이었다. 그렇게 확실한 형태를 취한 공력으로 이뤄진 팔을 보지 못하다니…….

'아, 그렇군.'

로렌은 스칼렛이 아니라 자신이 이상한 것임을 뒤늦게 알았다. 공력의 움직임을 눈으로 볼 수 있으려면 최소한 일정 이상의 경지에 오를 필요가 있다.

로렌이 아는 기사 중에 공력의 움직임을 눈으로 확인할 수 있는 건 리처드 남작과 바투르크뿐이었다. 그 바투르크조차 로렌이 리히텐베르크류 기마술과 로렌류 기마술을 번갈아 선보이기 전에는 눈으로 공력의 양을 짐작하지 못했다.

스칼렛이 탈란델의 금강의 격을 보지 못한 건 차라리 당연했다. 아무리 최근에 로렌이 스칼렛을 자주 타고 날아다니느라 그녀의 공력도 꽤 늘어났다고는 하지만, 아직 이심의 경지에도 이르지 못했으니 말이다.

"너도 언젠간 볼 수 있게 될 거야."

"아, 그런 거야?"

스칼렛은 삐친 듯 툴툴거렸다.

"그보다 나도 이제 이 음식 먹어도 되지?"

그러나 그녀의 관심은 곧 음식을 향했다. 드래곤치고도 아직 어린 그녀다. 드래곤 형태로 오래 날아다니기도 했고. 먹을 것에 관심을 보인다고 해서 이상한 나이도 아니고 이상한 상황도 아니다.

"그래."

로렌은 픽 웃으며 고개를 끄덕였다.

*   *   *

탈란델은 충분히 자고, 아침을 먹고, 다시 잠들어, 늦은 오후에나 깨어났다.

"배가 고프군."

일어나서 한다는 소리가 그것이었다.

로렌은 미리 잡아 피를 뺀 사슴을 도축해 얻은 고기로 푹 익힌 스튜를 만들어서 탈란델에게 주었다. 사실 점심때 이미 만들어둔 것이었지만, 탈란델이 너무 늦게 일어났기에 그냥 있던 걸 데운 요리였다.

그런 요리였지만 그동안 전투식량만 먹어와서 그런지 탈란델의 평은 아주 좋았다.

"이제야 좀 기운이 나는군."

스튜를 다 먹고 나서야 탈란델은 한숨을 돌렸다.

"역시 식음을 전폐하는 건 사람이 할 일이 못 되는군. 다 먹고살자고 하는 짓인데."

"…그래야지. 이제야 좀 제정신처럼 보이는군."

"하, 스승에게 못하는 말이 없어, 이 불량 제자."

탈란델은 픽픽 웃어대었다. 이제 와서 로렌에게 스승 대우 같은 건 바라지도 않는다는 태도였다.

"원하는 대답을 들려주도록 하겠네. 방주의 수리는 완료되었고, 연료는 충분하며, 포탄 또한 채워놓았네. 그리고 그 모든 작업을 완료하는 도중, 나는 금강의 격에 올랐지."

"대체 그 금강의 격이란 게 뭔가?"

"자네도 봤을 거 아닌가? 금강의 격은 각인의 힘으로 또 다른 팔을 만들어내는 기예이다. 이 또한 각인기예의 상격(上格) 중 하나이지."

"상격은 또 뭔데……."

"말 그대로의 의미다. 높은 격(High class)이란 의미지. …아무래도 직접 보지 못해 실감을 못 하는 모양이로군."

"아니, 어제 봤는데?"

"각인기예로서의 금강의 격을 보여준 기억은 없네만."

그건 그랬다.

"마침 의뢰할 게 있는데 만들어줄 수 있겠는가?"

각인기예로서, 라는 말을 듣자마자 생각난 게 이것이었다. 로렌의 말에 탈란델은 흔쾌히 고개를 끄덕였다.

"자네 덕에 금강의 격에까지 이르렀는데 그 정도야 대가를 받지 않고 해줄 수 있지. 필요한 게 무언가?"

"비검 네 자루와 창 한 자루."

라부아지에류 비검술을 사용하기 위한 네 자루의 비검과 리히텐베르크류 창술 극의를 사용하기 위한 창.

　단순히 비검술과 창술만 사용할 거라면 평범한 비검과 창을 사용해도 되지만, 로렌은 새로운 도전을 하고 싶어졌다. 이심의 경지에 오르기도 해서 공력의 제한이 완화되었으므로, 그 여유분의 공력을 각인의 발동에 쏟아볼 생각이었다.

　로렌은 미리 그려온 설계도를 탈란델에게 보여주었다. 단순한 병장기라면 설계도까지 필요하지는 않겠지만, 사용할 각인이나 그 배치 등은 말로 설명하기 힘들기에 도면을 그렸다.

　설계도를 유심히 살펴보던 탈란델이 흥미롭다는 듯 씨익 웃었다.

　"재미있겠어. 내가 조금 개량해도 되나?"

　"얼마든지."

　탈란델이라면 신용할 수 있었다.

　"재료는?"

　"강철 주괴를 몇 개 가져왔는데."

　라핀젤 자작령의 제철소에서 만들어낸 양질의 강철 주괴였다. 이 근방에서 구할 수 있는 강철 중에서는 가장 좋은 품질의 강철이다.

　"괜찮군. 소금만 더 손을 대면 더 괜찮아질 테고."

　로렌이 가져 온 재료가 마음에 든 듯, 탈란델은 두 번 고개를 끄덕였다.

"금강의 격이 어째서 각인기예의 상격인지 보여주도록 하지!!"

방주의 작업장 앞에 앉은 탈란델이 호기롭게 외쳤다. 장작 대신 각인을 새긴 주석 조각으로 불을 일으킨 노에서 후끈한 열기가 뿜어져 나온다. 아직 풀무질을 하지도 않았는데 벌써부터 강철 주괴가 시뻘겋게 달아올랐다.

"자, 보아라!"

탈란델의 어깨에 공력이 모여 형성된 또 다른 팔이 불 속으로 쑥 들어갔다. 그 광경을 본 로렌은 헉, 하고 놀랐지만 탈란델 본인은 아무렇지도 않게 그 팔로 달아오른 철괴를 붙잡고 뒤적거렸다.

"어때, 좋지?"

"……."

공력으로 이뤄진 팔은 확실히 물질로 이뤄진 게 아니니 화상을 입거나 할 일은 없다. 그건 좋다. 하지만 그것만이라면 거기에 무슨 의미가 있는가?

집게는 폼으로 있는 게 아니다. 다른 도구로 대체할 수 있는 능력에 로렌은 별다른 가치를 찾아낼 수가 없었다.

탈란델의 또 다른 팔에 각인이 저절로 새겨지고, 그 각인이 발동하는 장면을 보기 전까지는.

화르르륵!

새로 발동한 각인 때문에 불의 온도가 갑자기 오르고, 그에 따라 불꽃도 치솟아 올랐다.

"놀랐지, 이놈아!"

탈란델은 낄낄거리며 하얗게 보일 정도로 급속하게 달궈진 철괴를 노의 불꽃 속에서 꺼내어 모루 위에 올리고 두들겨 대기 시작했다.

캉! 캉! 캉! 캉!

그냥 괴의 형태였던 철괴는 몇 번 두들기지도 않았는데 벌써 칼날의 형태로 다듬어지고 있었다.

완성된 모습을 보지도 않고, 탈란델은 또 다른 팔에 새겨진 열의 각인 덕에 아직 식지도 않은 철괴를 들어 올려 물속에 집어넣었다. 치이이익, 하는 소리와 함께 하얀 수증기가 뿜어져 나왔다. 그러나 그 수증기는 곧 멈춰 버렸다.

로렌은 탈란델의 또 다른 팔에 발동한 각인의 정체를 눈치챘다. 방금 전까지 달궈진 강철 덕에 끓어 오르던 물통 속의 물 표면에는 어느새 살얼음이 얼기 시작했다.

"정말로 놀라지 않을 수가 없군!"

로렌은 흥분해서 외쳤다.

각인기예는 실제로 활용하기에 준비가 많이 필요한 능력이다. 사용하려는 소재에 미리 각인을 새겨둬야 하고, 사용할 때도 각인에 각인의 힘을 불어넣어야 한다.

하지만 금강의 격에 이른 탈란델이 보여준 모습은 그런 로렌의 고정관념을 전부 다 깨놓기에 충분했다. 공력으로 이뤄진 또 다른 팔에는 원하는 각인을 언제든 새길 수 있고 또 지울 수도 있다. 발동과 소거도 간편하다.

"내가 왜 식음을 전폐하고 이 '격'의 개발에 몰두했는지, 이제는 이해가 좀 되나?"

탈란델은 킬킬거리며 순식간에 남은 작업을 마쳤다.

공력의 팔은 그 형태를 마음대로 바꿔, 때로는 끌 모양, 때로는 송곳 모양, 필요할 때는 인간의 손 모양도 되어 작업에 동원되었다. 그 모습이 마치 21세기 지구의 최신형 공장에서 가동되던 로봇 암(Robot arm)을 연상시켰다.

'마음만 먹으면 병장기로도 바꿀 수 있겠군.'

만약 공력을 자유자재로 다룰 줄 아는 기사가 금강의 격을 손에 넣는다면? 그 상상만으로도 소름이 돋았다. 무장을 바꿀 필요도 없이 필요한 때에 필요한 무기로 바뀌는 또 하나의 팔. 전장에서 이보다 더 편리한 능력이 있을까?

'배우고 싶다!'

로렌의 마음속에서 그런 열망이 솟아난 건 자연스럽다고 말할 수 있었다.

"내게 그걸 가르쳐 주게!"

그리고 로렌은 자신의 열망을 숨기지 않았다. 그 열망이 기분 나쁘지는 않았는지, 탈란델은 히죽 웃으며 말했다.

"흥! 적절한 대가만 있다면야 가르쳐 줄 수도 있네만!!"

"적절한 대가?"

"작은 건 안 돼. 예를 들어… 이 방주를 내게 넘기든가! 아니면 여기 말고 다른 유적의 위치를 내게 알려주든가!!"

오랜만에 드워프다운 욕심이 탈란델의 얼굴을 번들거리게 만들었다.

"둘 다 곤란하군."

"역시 그런가? 그럼 포기……."

"좀 나중으로 미루지. 다른 유적으로 가려면 먼저 선결 조건을 해결해야 하거든."

"뭐라고?!"

탈란델의 목소리가 뒤집어졌다.

"선결 조건?! 그걸 해결하면 다른 유적의 위치를 알 수 있다는 건가?!"

"아니, 위치는 이미 알고 있네. 하지만 거기가 발레리에 대공령이며, 유적은 발레리에 대공의 소유라는 게 문제지."

"그, 그럼 설마… 그 선결 조건이라는 게……!"

"발레리에 대공을 설득하든가, 아니면 발레리에 대공령을 정복하든가."

로렌은 가학적으로 웃었다. 아무리 탈란델이 촌구석에 처박혀 혼자 망치만 두들겨 대고 있던 촌부라 할지라도 발레리에 대공의 위명 정도는 들었을 테니까. 그도 이 선결 조건을 충족시키기가 얼마나 어려운지 정도는 알고 있을 것이다.

"지금 당장 이 방주를 끌고 가서 발레리에 대공령을 폭격하세!!"

문제는 탈란델의 욕심이 지나치게 큰 나머지 이성이 너무 쉽게 마비된다는 점이었다.

"진정하게."

"지금 진정하게 생겼나?"

"진정해야지. 일에는 순서가 있는 법이라네."

로렌은 흥분한 탈란델을 진정시켰다.

"하지만 그렇군. 만약 발레리에 대공과 전쟁을 하는 상황을 맞이하게 된다면……."

"진력하지. 나의 욕망을 위해서!"

참 솔직한 드워프였다.

"그 전쟁이 '무대'겠군그래?"

그러다 문득 그런 소릴 했다.

"…그래, 자네를 위해 디자인한 무대지."

로렌은 다소 복잡한 심경으로 그렇게 답했다.

그저 각인기예라는 옛 기술을 크게 홍보하고 명맥을 되살리는 것이 전쟁의 목적이라면 로렌은 틀림없이 악이다. 전쟁을 벌이게 되면 많은 사람이 죽어나갈 것이고, 많은 불행의 씨 앗이 될 테니까.

로렌은 이기적이지만 사악하지는 않았다. 그런 수를 적극적 으로 쓰는 건 저항감이 있었다.

'그런데 발레리에 대공이 쳐들어온다면 이야기는 달라지지.'

이 경우는 로렌이 나쁜 놈이 되지는 않는다. 발레리에 대공 이 나쁜 놈이 된다. 결과적으로 로렌과 탈란델이 전쟁을 이용 해 먹는 건 같지만, 죄책감의 무게가 크게 달라지는 셈이다.

하지만 로렌은 뒤가 켕겼다.

'혹시 나는 소극적으로나마 전쟁을 일으키려고 하는 게 아 닐까? 좀 더 적극적으로 전쟁을 회피할 수 있지 않았을까?'

그런 생각에 이르렀기 때문이었다.

예를 들어서, 만약 로렌이 그냥 엘리시온의 경이 파편을 발 레리에 대공에게 넘긴다면 어떻게 될까?

대공은 지난 생에서 남작령을 점령한 후, 잠깐 점유한 후에 세 거두를 비롯한 하이어드에게 경영을 맡기고 더 이상 개입 하지 않았다. 정황상 그것은 엘리시온의 경이의 파편을 손에 넣기 위한 수작이었다.

같은 일이 일어날 수 있다. 지금 라푼젤이 소유하고 있는 엘리시온의 경이 파편을 그냥 대공에게 넘겨주면 말이다. 지 난 생과 똑같이 조공만 받고 라푼젤의 자작령 통치를 인정해

줄 수도 있었다.

로렌이라고 그 생각을 하지 않은 건 아니다.

그러나 로렌은 그 생각은 금방 접었다.

신의 연대에 생겨난 기물이라 하더라도 그 파편 하나를 얻기 위해 양녀의 목숨을 희생시켜 버리기로 결정하는 인간에게 굴종하는 것은 참을 수 없는 일이다.

더군다나 강자의 자비를 기대하는 것만큼 헛되고 무의미한 일도 없다. 로렌 본인이 강자의 입장에 서봤었기 때문에 더 잘 안다.

그럼에도 불구하고 그것이 가장 '적극적으로 전쟁을 회피하는 길'임은 변하지 않는다.

'아니, 뭔.'

로렌은 헛웃음을 터뜨렸다.

"진짜 쓸데없는 생각을."

이쪽에 양보할 수 없는 게 있고, 저쪽에서 전쟁을 불사하고서라도 얻어내고자 하는 게 있다. 그렇다면 전쟁은 피할 수 없다.

피할 수 없는 전쟁에서 이득을 얻어내는 것에 죄악감을 느낄 필요가 있을까?

아니, 없다.

이제 와서 갑자기 이런 생각을 하게 된 이유는 그냥 전쟁에 이길 수 있는 힘이 붙었기 때문이다. 이제까지는 전쟁이 나면 패배를 피할 수 없는 상황이었고, 로렌은 전력을 다해 전쟁을 회피해 왔다.

하지만 이제는 피할 필요가 없어졌다. 상황이 바뀌자 생각이 바뀐 것이다.

간단히 말해 배부른 소리다.

발레리에 대공의 인성은 이미 로렌이 직접 겪어보았다. 자작령을 내놓으라는 그 편지를 받아보았다. 그리고 그 편지를 받은 건 로렌뿐만이 아니다. 에드워드 백작, 리처드 남작, 헨리 준자작.

역사에는 기록되어 있지 않았지만, 지난 생의 발레리에 대공도 똑같은 짓을 했을 게 뻔했다. 그 역사에서 리처드 남작이 어떻게 죽었는가? 발레리에 대공의 열렬한 팬이었던 로렌 하트는 깨닫지 못했지만, 로렌은 몸으로 겪었다.

엘리시온의 경이의 파편을 넘겨봤자 자작령에 찾아오는 건 평화가 아니다. 대공의 필요에 따라 움직이는 꼭두각시가 되어, 어쩌면 다른 영지에 선전포고를 해야 할 때가 찾아올지도 모른다.

전쟁을 피하자고 기물을 넘겨봤자 아무런 의미가 없다는 뜻이다. 그로 인해 어쩌면 또 다른 전쟁의 선봉장이 될지도 모르는 길이다. 당장의 전쟁을 피하자고 그 길을 걸을 이유가 없었다.

"그래, 내가 디자인한 전쟁일세. 당신이 이 방주를 써서 전쟁을 승리로 이끈다면 당신은 원하는 것을 다 얻을 수 있을 걸세. 다음 유적이 존재하는 장소, 그리고 그 유적을 연구할 권리, 마지막으로 각인기예라는 옛 기술의 부흥!"

망설임을 끊어낸 로렌은 탈란델에게 그렇게 선언했다.

"어차피 드워프는 자신의 욕망을 위해 전쟁도 불사하는 종족 아닌가? 그 본성을 거스르지 말고 저지르게나, 탈란델!"

"…듣자 듣자 하니 사람을 아주 야만인으로 모는군."

탈란델은 껄껄 웃었다.

"까짓것 뭐 어때! 야만인 한번 되어보지!"

*   *   *

탈란델은 순식간에 비검 네 자루와 창 한 자루를 완성시켰다.

"신경 좀 써서 만들었네."

탈란델은 거드름을 피우며 말했다.

"하나뿐인 제자가 쓸 물건인데, 스승의 도리로서 아무렇게나 만든 걸 줄 수는 없지."

"자랑하려고 만든 거란 건 다 아네. …하지만 정말로 대단하군."

그런 탈란델의 속내를 다 아는지라 비꼬아대고 싶은 마음이 들었지만, 눈앞에 내밀어진 병장기의 완성도가 로렌으로 하여금 도저히 그러지 못하게 만들고 있었다.

이런 걸 하루도 안 걸려서 뚝딱뚝딱 만들어낼 줄이야.

만드는 속도도 빨랐지만 완성도가 더욱 대단했다.

날카로움, 튼튼함 따위의 병장기로서 갖춰야 할 기본적인 소양은 당연하고, 빼곡하게 새겨진 각인과 거기 담긴 힘은 막 만들어진 이 창칼이 고대의 신물처럼 느껴지게 했다.

로렌이 넘겨준 도면보다도 완성도를 더욱 끌어 올리고 개량까지 거쳤다. 로렌의 기대치를 배는 초과한 걸작이었다. 금강의 격에 이름으로써 탈란델의 실력이 그만큼 급격하게 높아졌다는 방증이기도 했다.

로렌은 라부아지에류 비검술을 펼쳐보였다. 공력을 담은 비검이 바람을 가르고 날더니, 허공에서 각인이 발동해 검극(劍戟)에서 마탄(魔彈)을 뿜어내 날렸다.

그 마탄의 위력은 로렌이 상정했던 것보다 훨씬 빠르고 강력하고 예리했다. 비검에 새겨진 각인이 본래 설계도보다 훨씬 정교하고 세밀하고 새겨졌다는 증거였다.

"홀… 륭하군!"

결국 감탄을 아끼지 못하고 그렇게 외치며, 로렌은 발출했던 검을 다시 자신의 손으로 되돌려 칼집에 갈무리했다. 그의 라부아지에류 비검술이 어느 정도 수준에 올라, 허공에서 궤도를 바꿔 손으로 돌아오도록 만드는 것까지는 가능해졌다.

"뭐, 뭐야?! 방금 뭘 어떻게 한 거야?!"

라부아지에류 비검술을 처음 본 탈란델은 놀라 외쳤다. 무기에 공력을 실어서 날려 보낼 수 있다는 것도 모르니, 어째서 각인이 발동했는지도 모르는 눈치였다.

"나중에 천천히 이야기해 주지."

로렌은 거드름이라도 피우듯 말했다.

"어쨌든 나도 바쁜 몸일세. 지금 당장 금강의 격에 이르는 법을 가르쳐 달라고 할 수는 없군. 아직 선금도 치르지 않았는데 말이야."

"허."

탈란델은 웃기다는 듯 입술 끝을 비죽 올렸다.

"고기 줄 사람은 생각도 않는데 소스 그릇부터 챙기는 소리하네. 나도 가르쳐 줄 생각 없네. 전쟁에나 이기고 다시 찾아오게나."

탈란델은 킬킬 웃으며 받아쳤다.

"그럼 때가 되면."

"그래, 기다리지."

손을 휘적휘적 내저으며, 탈란델은 다시 방주 쪽으로 걸어갔다. 긴 인사는 안 하겠다는 의미이리라.

"탈란델! 안녕!!"

분위기 파악이 조금 늦었던 스칼렛이 급하게 외치자, 탈란델은 뒤도 돌아보지 않은 채 그냥 손만 한 번 올려주었다.

35장
봉기

로렌은 바로 집무실로 돌아가지는 않고, 자작령과 발레리에 대공령의 경계를 돌았다. 물론 명률법으로 모습을 숨긴 공중 정찰이었다.

　예상대로의 움직임이 거기에 펼쳐지고 있었다.

　"역시 대공은 전쟁을 준비하는군."

　로렌은 안도 반, 긴장 반이 섞인 목소리로 중얼거렸다. 군대가 움직이는 방향으로 보아, 발레리에 대공은 자작령을 먼저 칠 생각인 것 같았다.

　'하지만 별다른 명목이 없을 텐데……. 무슨 생각이지?'

어쨌든 군대가 움직이기 시작한 이상, 로렌도 그에 따른 대응을 해야 했다.

자작령 경계의 초소에 인원을 두 배로 늘리고 용병부대를 움직여 방비를 두텁게 했다.

리처드 남작과의 동맹으로 좀 더 저렴한 가격에 고용이 가능했던 용병들이다. 상대가 발레리에 대공임을 알게 되면 용병들은 무슨 표정을 지을까. 다소간의 임금 협상에는 유화적으로 임할 생각이었다.

지금 대학에서 열심히 공부 중일 제자들을 움직일 마음은 들지 않아 그냥 두었다. 그들이 움직이는 것은 봉화가 오른 뒤에 해도 충분하다.

탈란델에게도 붉은 봉화가 오르면 방주를 움직이라 해뒀으니 알아서 할 것이다.

그리고 리처드 남작에게 편지를 보내, 바투르크의 돼지가 완성되었음을 알렸다. 이 편지 한 장으로 기사 전력의 보강은 된 것이나 다름없다.

필요한 조치를 취하고 난 뒤, 로렌은 정보 수집에 나섰다. 정보 수집에 나섰다고 해도, 그가 직접 발로 뛰는 것은 아니다. 각자 다른 명의로 등록된 정보 수집 단체 몇 개를 돌리고, 올라오는 보고서를 교차 검증 한다.

"돈이 있으니까 별걸 다 해요."

로렌은 훗 웃으며 보고서들을 검토했다.

그러나 그 웃음이 길게 이어지지는 못했다. 심각한 표정으로 보고서를 몇 번이나 검토한 로렌은 자리에서 벌떡 일어났다.

*　　　　*　　　　*

발레리에 대공은 이제까지 라핀첼 자작, 리처드 남작, 에드워드 백작, 헨리 준자작에게 편지를 보냈다. 그리고 그 수작은 모조리 수포로 돌아갔다. 다 로렌이 열심히 움직였기 때문이었다.

대공의 성격으로 볼 때, 이것은 묵과할 수 있는 수준을 넘어선 사태였다. 변경 지역의 유력 영주들이 모두 그의 서신을 무시한 것이니, 비록 비밀리에 이뤄진 일이라고는 하나 체면이 말이 아니다.

직접 군대를 일으킬 명분이 없는 이상, 대공은 명분을 억지로라도 만들어야 했다. 그래서 대공은 이렇게 움직였다.

귀족의 시대는 끝났다.

그 격문은 이렇게 시작했다.

*　　　　*　　　　*

진정 힘 있는 자들이여, 그러나 무능한 귀족들에게 휘둘리는 자들이여. 그대들은 수탈당하고 있다. 그대들은 강탈당하고 있다. 그대들은 그대의 정당한 권리를 온전히 보장받지 못하고 있다.

그대가 온 힘을 다해 키워낸 곡물은 수탈당해 귀족의 식사가 되고, 그대가 전력을 다해 캐낸 광물은 강탈당해 귀족의 장신구가 된다. 그대가 이룬 가치 있는 일들은 귀족의 유희거리로 전락당한다.

그대가 피땀 흘려 열심히 일한 대가는 세금이라는 이름으로 귀족들에게 돌아가며, 귀족들의 사치스러운 연회에 낭비된다. 그대가 뼈 빠지게 일하는 이유는 귀족이 아무것도 하지 않고 놀기 위해서이다!

이것이 옳은가?

아니, 그렇지 않다. 귀족이 없었던 시대, 모든 인간은 일한 만큼의 대가를 얻었다. 그 옛 시대에는 혈통 따위는 아무런 의미가 없었다. 오로지 얼마나 많은 것을 가지고 있는가, 그것만이 사람의 가치를 증명할 수 있었다. 그대들은 그 시대 기준으로는 고귀했다.

하지만 지금은 어떠한가?

그대의 재산을 아무렇지도 않게 빼앗고, 그대의 것이었던 자들은 이제 그대와 똑같다고 말한다. 그대가 그들과 같은 밑바닥인가? 아니다! 하지만 저 귀족들은 그대들이 저들과 같은 밑바닥 인생이라 말한다.

이것이 옳은가?

아니, 그렇지 않다.

그대들은 많은 것을 이룬 위대한 자들이다. 모든 인류 중에서도 우월한 이들이다.

그렇기에 그대들의 창고는 곡물로 차 있기에 합당하며, 그대들의 금고는 황금으로 채워지는 것이 온당하다. 그대의 빈 잔을 그대보다 못한 이가 병을 기울여 채워주는 것은 당연하다.

그러나 지금은 어떠한가? 그대들의 창고와 금고의 곡물과 광물은 세금이라는 이름으로 강탈당하고, 그대의 빈 잔을 채워야 할 노예는 이제 그대의 옆자리에 나란히 앉으려 든다.

이것이 옳은가?

아니, 그렇지 않다.

그대는 위대한 자이며, 그렇기에 그대는 고결한 의무를 이행해야만 한다. 그대에게는 옳지 않은 것을 바로 잡을 의무가 있다. 그들이 그대에게서 강탈해 간 것을 되찾고, 그들의 잘못을 바로잡고, 그들을 징벌해야만 한다!

행동을 보여라! 군사를 일으켜라! 그것이 그대들을 온전케 하리니!!

혁명을! 대혁명을!!

*　　　　*　　　　*

"머리를 잘 썼군."

격문을 다 읽은 로렌은 한숨을 푹 내쉬었다.

이 격문은 유력 하이어드들을 표적으로 삼아 돌려졌다. 특히나 라핀젤 자작령에 집중적으로 뿌려졌다. 그리고 이 격문이 가장 유효할 지역은 자작령이 맞았다.

로렌이 제1비서관으로 부임하자마자 가장 먼저 한 것이 부정을 범한 하이어드 관리들의 숙청이었다고는 하나, 자작령의 하이어드 세력은 아직 공고한 편이었다. 그런 그들을 그레고리 남작의 군대와 라핀젤 발레리에 넬라의 이름으로 억눌렀다.

그러한 로렌의 하이어드에 대한 일련의 조처들은 처음에는 잘 통했다. 그들은 세금도 잘 냈고, 로어 엘프를 해방하라는 명령에도 잘 따랐다.

그래서 로렌도 하이어드들을 딱히 관리할 필요를 느끼지 못했다. 철저히 숙청해서 손발톱을 다 빼놓을 필요가 없었기에 그들의 힘은 아직 어느 정도 보존된 상태였다.

하지만 그런 하이어드들 마음속에 불만이 없을 리는 없었다.

그리고 이번에 돌려진 이 격문은 그들의 그런 불만을 살살

긁어내는 면이 없지 않았다. 자신들의 재산인 로어 엘프를 해방시킨 것도 그러하지만, 로어 엘프를 자신들과 같은 평민이라고 하는 것이 더욱 그들을 불만스럽게 만들었을 것이다.

더불어 숙청의 공포는 시간이 지나 엷어지고 있으며, 이제 라푼젤의 이름에서 발레리에의 성은 빠졌다. 이 격문에 반응하지 않으리라고 막연히 믿고 있을 수는 없었다.

격문의 발신인은 아무도 모르는 것으로 되어 있으나, 로렌이 정보를 사고 있는 정보 수집 단체들은 모두 이것이 발레리에 대공으로부터 나온 것임을 확신하고 있었다.

그들이 아는데, 격문을 받은 하이어드들이 모를 리가 없다.

즉, 이 격문에 따라 혁명을 일으키면 발레리에 대공을 배경으로 둘 수 있다는 것 또한 그들은 알아챘을 것이다.

이제 라푼젤은 발레리에 가문에서 연이 끊어져 나갔는데, 진짜 발레리에의 가주가 그들의 편이 되어준다!

하이어드들로 하여금 '이 혁명에는 정당성이 있다'고 믿도록 만들기에 충분한 근거가 될 터였다.

더군다나 발레리에 대공의 본성이 하이어드들에게까지 알려졌을 가능성은 낮았다. 지난 생의 로렌 하트조차 그랬으니, 하이어드들이야 모르는 게 더 자연스럽다.

그러니 만약 하이어드들 혁명을 일으킨다면 반란을 진압한다는 명목으로 발레리에 대공이 군대를 끌고 올 것이라고 예측할 수 있는 하이어드도 거의 없을 것이다.

결론적으로 변경 지역의 하이어드들은 이 격문에 혹할 가능성이 매우 높았다.

"십중팔구, 움직임이 있겠지."

발레리에 대공이 이미 군대를 움직이기 시작한 걸 보니 물밑 작업은 다 끝내놓았을 것이다. 혁명, 아니, 반란을 일으키기로 한 하이어드가 움직임을 보이면 바로 호응할 생각이리라.

"알아채는 게 더 늦지 않아서 다행이로군."

로렌은 미소를 지었다.

로렌에게도 명분은 필요했다. 세금 잘 내고 반항도 안 하는 하이어드를 토벌할 수는 없다.

그냥 '영주니까'라는 이유만으로 절대명령권을 발동하고 재산을 다 빼앗아 버린다면, 다른 하이어드는 물론 인간을 비롯한 다른 인류 종족들도 라핀젤을 불신하고 자작령에서 떠나거나 집단행동에 나설 것이다.

하지만 이번 일로 하이어드들이 정말로 반란을 일으킨다면 로렌에게도 그들을 토벌할 명분이라는 게 생기는 셈이다.

'안 그래도 돈이 부족했는데.'

반역죄는 절대명령권을 발동하기에 매우 합당한 죄목이다. 자작령의 하이어드 계급을 박살 내고 그 자산을 모두 영주의 것으로 회수하는 건 차라리 온건한 편에 속했다. 일반적으로는 삼대를 멸하며, 필요하다면 가문 전체를 몰살시킬 수 있었다.

그렇다고 하이어드들이 반역을 일으키는 게 로렌에게 마냥 좋은 일은 아니다.

토벌이 조금이라도 늦어지면 발레리에 대공에게 쳐들어올 명분을 주게 되며, 매우 높은 확률로 양면 전쟁 양상을 띠게 될 것이다. 만약 대공이 헨리 준자작령에 숨겨놓은 병력까지 활용한다면 삼면 전쟁의 진흙탕으로 빠져들게 된다.

그러니 로렌이 알아채는 게 조금이라도 늦었다면 발레리에 대공의 이 한 수는 정말로 신의 한 수가 될 수도 있었다.

말 그대로 '더 늦지 않아서 다행'인 거였다.

"기왕 이렇게 된 거, 최대한 이용해 먹어야지."

로렌은 가학적인 미소를 띠었다. 그의 눈에 드리워진 안광은 도저히 바로 몇 시간 전까지 전쟁을 망설이던 이의 것이라고는 생각할 수가 없었다.

*　　　　*　　　　*

하이어드들을 상대로 용병을 동원하는 건 위험한 짓이다.

로렌은 현금을 빠듯하게 쓰고 있었다. 적자가 아닌 게 다행인 수준이며, 전쟁이 일어나면 바로 적자로 돌입할 것이다. 전쟁에 지게 되면 적자가 문제가 아니라 영지의 존립 자체가 위태로워지니 당연한 일이었다.

이런 상황에서는 당연히 하이어드들이 로렌보다 현금이 많으며, 그러므로 용병들 또한 회유당할 가능성이 매우 높았다. 그러니 용병은 쓸 수 없었다.

그러나 로렌은 별로 큰 걱정은 하지 않았다.

그에게는 바투르크라는 매우 충성심이 높은 기사가 있다. 비록 그 충성의 방향이 라핀젤을 향해 있기는 하지만, 그거야 큰 문제가 아니다.

바투르크를 기사단장으로 임명하고 구유카르크를 비롯한 오크 기사들을 지휘하게 만든 것도 오래전 일이다. 명령 체계가 꼬일 일은 없다는 뜻이다.

그가 직접 이끄는 마법사 부대 또한 있다. 로렌이 바빠서 직접 가르치지는 않지만, 그들은 대학에서 여러 분야의 지식을 흡수하며 높은 마력 수준에 이르렀을 터였다.

이 정도만 되어도 하이어드가 이끄는 용병대 정도는 가볍게 제압할 수 있다.

그런데 여기에 로렌 본인까지 합쳐진다. 물론 상대가 발레리에 대공이 아니라면 어지간해서는 내밀고 싶지 않은 카드지만, 히든카드라면 히든카드다.

설령 반란이 일어난다 한들, 지려야 질 수 없는 싸움인 것이다.

로렌이 신경 써야 할 건 시간뿐이었다.

'아니지.'

로렌은 생각을 바꿨다.

'차라리 아슬아슬하게 시간을 끌어서 발레리에 대공이 쳐들어오도록 내버려 두는 게 낫겠지.'

발레리에 대공이야 하이어드의 반란을 진압한다는 식의 명목으로 쳐들어오겠지만, 그렇게 되면 로렌은 대공의 내정간섭을 문제 삼으면 된다. 로렌이 대공에게 비난을 날려도 대공이 군대를 물릴 가능성은 매우 낮았다. 전쟁으로 이어나갈 가능성은 반대로 대단히 높았고.

'괜찮은데?'

대공이 이번 시도를 실패로 여기고 예상하기 힘든 다른 수작을 부려오는 걸 기다리는 것보다는, 어느 정도 대응이 되는 선에서 전쟁을 치르는 게 훨씬 낫다.

'좋아.'

그 시점에서 로렌은 자신이 어떻게 움직여야 할지 대충 방침을 정했다.

[모건 르 페이, 라푼젤은 뭐 하고 있지?]

로렌은 모건 르 페이에게 텔레파시를 보냈다. 그녀는 지금 라푼젤에게서 차를 대접받고 있을 터였다. 로렌은 자신의 아이디어를 마지막으로 한번 라푼젤에게 상담해 볼 생각이었다.

[저와 티타임을 갖고 있습니다, 로렌 님.]

[만나러 가겠다고 전해.]

[라핀젤이 기뻐합니다.]

워낙 일상적으로 전언을 주고받다 보니, 모건 르 페이의 어투도 꽤 사무적인 것으로 바뀌어 있었다. 아무리 그래도 그렇지, '라핀젤이 기뻐합니다'라니. 어디 게임이나 프로그램의 자동 반응 텍스트 출력 같지 않은가?

'응?'

그러고 보니 로렌이 모건 르 페이 본인에게 신경을 쓴 적이 언제였더라.

위험하게도 기억이 나지 않았다.

'모건 르 페이가 삐칠 만도 하네.'

라핀젤을 만나러 간다는 건 모건 르 페이를 만나러 간다는 것이기도 했다. 이번 기회에 확실히 달래놓아야지, 마음을 먹으며 로렌은 집무실을 나섰다.

＊　　　　＊　　　　＊

자작령의 하이어드들이 언제 '봉기'할 것인지에 대한 정보는 로렌도 이미 손에 넣었다.

하지만 로렌은 군대를 움직이지 않았고 미리 방비하지도 않았다. 그러한 로렌의 태도는 자작령의 하이어드들에게 용기를 주었다.

하이어드들은 용병을 사다 모았다. 그 숫자는 자작령의 영주 소속 용병보다도 더 많은 숫자였다.

명목상으로는 만약의 사태, 그러니까 외적이 침입해 온다든가 할 때 그 용병을 보태 함께 자작령을 지키기 위한 수단이라고 말했다. 코웃음이 절로 나오는 변명이었지만 로렌은 묵과했다.

"라핀젤 자작께서는 역시 지나치게 순진무구하시군."

자신의 영주를 잘 속였다고 생각한 하이어드들은 그런 소릴 했다.

"대가리에 꽃이 피었다고 표현하는 게 더욱 적절할 듯한데."

"그년은 사실 귀족도 아니야. 발레리에 대공의 양녀라며?"

"양녀 관계조차도 다 파탄 났으니 정말로 그냥 애새끼지."

"우리에게 세금을 걷을 자격도 없는 년."

"언제까지 참고 살 텐가?"

"참고 살 이유가 없지."

"일어서자."

"일어나자."

그런 이야기가 오갔다고들 한다. 그 비밀 회합에 로렌이 박아둔 끄나풀이 있었음을 그들은 알까? 모를지도 모르지만 알지도 모른다. 어쨌든 비밀 회합의 회의 내용은 비밀이 아니었고, 전부 로렌에게 들어오고 있었다.

로렌은 참고 인내했다. 지금이라도 당장 그 역도들의 심장을 터뜨릴 수 있지만 참았다.

그것은 설익은 복숭아를 그냥 놔두는 것과도 같았다.

잘 익어 탐스럽고 향기로운 그 과실을 베어 물었을 때, 부드럽고 촉촉하고 달콤한 과육과 과즙의 맛이 나온다는 것을 안다. 그 맛은 복숭아가 다 익었을 때만 맛볼 수 있다.

그걸 아는 데도 설익은 복숭아를 미리 따먹는다는 어리석은 짓을 로렌이 할 리가 없다.

그리고 그의 인내는 드디어 성과를 내었다.

복숭아가 익었다.

*   *   *

혁명이랍시고 비무장한 시민들이 깃발을 들고 관청으로 몰려들어 오는 일은 일어나지 않았다. 애초에 그럴 거면 하이어드들이 용병을 샀을 리도 없으니까.

완전무장한 용병들로 자신의 주변을 벽처럼 두르고, 말에 탄 채 위풍당당하게 행진하는 하이어드들의 모습은 개선장군처럼 보였다.

"이 정도면 그년도 겁에 질리겠지."

"겁에 질려서 영주직 따윈 당장 그만두자고 할 거야."

하이어드들은 낄낄거리며 행진을 계속했다. 그들의 행진을 막아서는 군병은 없었다. 자작령 수도인 클레멘델까지 그들은 아무런 장애물 없이 진격했다.

원래는 도시에의 진입을 막는 병력이 있어야 하는데, 그 모습은 보이지 않았다. 부하로부터 '그놈들은 도망쳤다'는 보고가 올라왔다. 그들이 끌고 온 대병력을 목격한다면 그럴 만도 했기에 하이어드들은 납득하고 만족스럽게 행진을 계속했다.

클레멘델 시내는 이상스러울 정도로 조용했다. 원래대로라면 오가는 사람들의 소음으로 왁자지껄해야 했지만, 지금은 다들 문을 걸어 잠그고 모습을 드러내지 않았다.

실로 그럴 만한 상황이었기 때문에, 하이어드들은 이상하게 여기지 않았다.

모든 병력이 클레멘델 도시 안으로 진입했을 때의 일이었다.

성문이 쿵, 하는 소리를 내며 닫혔다. 퇴로가 막힌 것이다. 싸움에 익숙한 용병들은 민감하게 반응했지만, 하이어드들에게까지 보고가 올라가지는 않았다.

설령 보고가 올라갔더라도 하이어드들은 별 반응을 보이지는 않았을 것이다.

이제 이 용병들을 관청으로 진격시켜 점령하면 혁명은 성공리에 이뤄진다. 자작령의 통치권은 혁명정부가 차지할 것이며, 여기 참가한 하이어드들이 투자금에 맞춰서 지분을 나눠 먹게 될 것이다. 다른 귀족들의 반발은 발레리에 대공이 무마해 줄 것이다.

이 클레멘델은 제2의 브뤼델이 될 것이다. 상인들의 도시, 돈으로 모든 것을 해결할 수 있는 도시, 진정한 의미의 자유도시.

이 얼마나 달콤한 청사진인가!

하이어드들은 꿈을 꾸느라 바빴다. 그들의 머릿속에서 이미 혁명은 달성된 것이나 마찬가지였다. 달콤한 꿈에 취한 하이어드들의 사고는 이미 마비된 채였다.

관청 앞에도 군대 같은 건 존재하지 않았다. 혹시 라핀젤 자작이 마지막 병력을 모조리 관청 앞에 집중해 둔 게 아닐까, 하는 일말의 걱정조차도 사라졌다.

일이 이쯤 되자 용병들도 안심했다. 용병대장들이 가장 앞으로 나서서, 닫힌 관청 문을 열었다. 관청 문은 잠겨 있지도 않았다.

"하하하! 어떻게 된 줄 알겠어!"

"라핀젤, 그 엘프 계집은 우리가 두려워 야반도주를 한 걸세!"

마지막 긴장조차도 풀어버리고, 하이어드들은 함께 웃었다.

"자아, 함께 들어가세나. 이제 우리가 이 자작령의 주인일세."

"이렇게 쉽게?"

"이렇게 쉽게!"

용병들은 환호성을 질렀다. 착수금의 두 배에 달하는 성공 사례금을 싸우지도 않고 받아낸 것이다. 어찌 기쁘지 않을 수 있을까? 그들의 환호성을 들으며, 하이어드들은 잔뜩 들뜬 표정으로 관청 안으로 향했다.

영주 집무실은 텅 비어 있었다. 그제야 실감이 확 몰려왔다. 라핀젤은 도망갔고, 그녀의 추종자도 모조리 모습을 감췄다. 즉, 그들은 자작령 접수에 성공한 것이다.

"허……!"

기쁨의 웃음이 절로 터져 나왔다.

쾅!

집무실의 문이 닫히기 전까지는.

"잘했다, 하이어드 베르기에."

소년의 목소리가 넓지는 않은 영주 집무실을 가득 채웠다. 소년은 영주의 자리에 앉아 있었다. 분명 조금 전까지는 텅 비어 있던 그 권좌(權座)에.

"별말씀을, 제1비서관 각하."

그들의 동지였던 하이어드 베르기에가 모습을 드러낸 소년을 향해 고개를 숙였다.

라핀젤 자작령 제1비서관 로렌.

그 이름은 그들도 잘 알고 있었다. 여기 있는 하이어드들이 줄을 대고 있던 자작령 관료들을 일거에 숙청한 바로 그 소년이다. 어린 나이에 걸맞지 않은 과단성과 잔혹함으로 인해 하이어드들에게는 공포의 대상이었다.

그 목소리, 그 얼굴에는 아직 소년티가 남아 있었으나, 이제는 그냥 어리게 보이지만은 않는 모습으로 성장한 로렌이 하이어드들을 상대로 웃어 보였다.

"혁명 성공, 축하하네."

그 웃음은 곧 잔혹함의 표현으로 돌변했다.

*   *   *

라핀젤 자작령의 하이어드들이 들고 일어나 클레멘델을 점령하고 자작령을 접수했다는 소식은 일파만파로 퍼져 나갔다.

'혁명 세력'에 의해 고용된 용병대들은 일반 시민의 외출도 제한하고 도시 주변을 철저히 경비하고 있었다. 클레멘델의 출입도 완전히 금지되어, 도시는 격리 상태에 놓였다. 사실상의 계엄령 상태라고 보아도 되었다.

클레멘델을 점령한 혁명 세력 지도자들은 영주 관저에 틀어박혀 두문불출하고 있었다. 곧 혁명 성공 선언문을 발표할 것이라는 소문이 파다했다.

라핀젤을 비롯한 자작령의 핵심 인물들 또한 모습을 감췄다. 그들은 모두 영주 관저의 지하 감옥에 갇혀 있고, 혁명의 성공이 선언될 때에 함께 처형되리라는 분석이 뒤따랐다.

라핀젤 자작과 우호 선언을 한 리처드 남작은 침묵 중이었다. 모든 것이 확실해질 때까지 기다리겠다는 말을 측근에게 한 것으로 전해졌다.

상황은 애매모호한 채 시간만이 흐르고 있었다.

시국이 어수선해진 이런 때에 발레리에 대공이 천명했다.

"혈통이란 하늘이 내려주신 것일진데, 감히 하이어드의 신분으로 하늘이 정한 법도를 어긴 하이어드들에게 천벌을 대신하여 이 발레리에가 징치하리라!"

사실상의 자작령에 대한 선전포고였다.

"흠."

로렌은 웃었다.

"오래 못 기다리겠나 보군."

발레리에 대공의 작전대로라면 원래 자작령에서 내전이 한 번 크게 일어나 혼란에 휩싸여야 했다. 자중지란으로 영지의 힘이 약화된 때에 자신이 딱 나타나 혼란을 수습하고 그 와중에 먹을 건 다 먹어치우는 계략이었을 터였다.

그런데 상황은 발레리에 대공의 예측과는 달랐다. 발레리에 대공의 편지까지 무시하며 자작령을 소유하려던 라핀젤 자작은 너무 쉽게 모습을 감췄고, '혁명 세력'은 별 혼란도 손실도 없이 자작령을 점거해 버렸다.

발레리에 대공 입장에서는 약간 소화불량에 걸린 것 같은 기분이겠지만, 어쨌든 당초 목적인 명분 세우기는 달성되었으니 움직이기로 결정한 것이리라.

"뭐, 그건 그렇고."

로렌은 시선을 돌렸다.

"기분이 어떤가? 하이어드 네델트."

하이어드 네델트는 대외적으로는 라핀젤 자작령을 점거했다고 알려진 하이어드 집단의 수장이었다.

물론 이는 실제와 달랐다.

실제로는 로렌의 꼭두각시다.

"모든 게 각하께서 말씀하신 대로군요."

"나는 지금 네게 이렇게 물었다. 기분이 어떤가?"

로렌은 가학적으로 하이어드 네델트를 몰아붙였다. 네델트의 손에는 발레리에 대공이 보낸 선전포고문이 들려 있었다.

하이어드 네델트를 비롯한 '혁명 세력'은 분명 발레리에 대공을 등에 업고 일을 벌였다. 적어도 그들은 그렇게 생각하고 있었다.

그러나 믿었던 발레리에 대공마저 그들을 명분을 쌓기 위한 도구로 활용하고, 이제는 쓸모없어진 그들을 삶아 먹으려는 기색을 확실히 하고 있었다.

그들 '혁명 세력'으로서는 마지막 희망이 사라진 셈이었다.

이 클레멘델에 연금당해 로렌이 필요한 대로 이용만 당하던 그들로서는.

"좋지 않습니다."

이런 말 한마디로 치울 수 없을 만큼 깊은 절망과 배신감을 곱씹을 수밖에 없으리라.

아니, 사실 그 절망을 곱씹는 건 하이어드 네델트 하나뿐이다.

지금 남아 있는 '혁명 세력'의 지도자는 하이어드 네델트와 하이어드 베르기에뿐이었다. 그리고 하이어드 베르기에는 처음부터 로렌의 편이었다.

다른 이들은 모두 죽었다.

로렌의 손에.

'혁명 세력'의 수뇌부가 영주 관저에서 두문불출하는 이유도 그것이었다. 시체는 움직이지 못한다. 매우 단순한 이야기였다.

하이어드 네델트만 살아 있는 이유는 간단했다. 그가 항복했기 때문이었다. 동료들의 처참한 죽음 앞에 그는 분노보다먼저 공포를 느꼈고, 살아남기 위해 로렌 앞에 무릎을 꿇었다.

그러나 로렌은 그가 그저 공포에 질려 있을 뿐이라는 걸 안다. 이 공포가 무뎌지면 어떻게 움직일지 모르는 인물이다. 신용을 할 만한 인물은 아니다. 지금은 쓸모가 있기 때문에 살려두었을 뿐이다.

네델트까지 죽이고 베르기에만으로 '혁명 세력'을 움직이기엔 약간 버겁다. 외부인들이 의심을 품을 가능성도 있고. 여차하면 혁명 세력이 변질될 때 흔히 그러듯, 베르기에가 정치적 라이벌들을 모조리 숙청했다고 해버리면 되긴 하지만 그건 너무 극단적인 수다.

어쨌든 네델트는 지금은 로렌의 명령에 고분고분 따른다. 그런데 언제까지 이래줄지는 모른다. 그래서 로렌은 네델트를 이런 식으로 대하는 것이다.

네델트와의 관계는 항상 긴장감이 넘쳐야 한다. 그의 마음속에 공포가 살아 숨 쉴수록 그가 배반할 가능성도 내려간다.

로렌이 단순히 사디스트여서 네델트를 괴롭히는 것이 아니었다.

절망을 곱씹으며 고개를 떨어뜨린 네델트를 보며, 로렌은 그에게 보이지 않도록 미소 지었다.

"그런가."

로렌은 그의 심정에 대해 더 캐묻지는 않았다.

"어쨌든 우리는 전쟁을 수행해야만 한다. 발레리에 대공이 너희를 토벌하러 왔으니, 토벌당하고 싶지 않으면 너희도 무기를 들고 싸워야 하겠지."

왜냐하면 이 말이 하이어드 네델트를 더욱 깊은 고뇌와 절망으로 인도할 것임을 잘 알기 때문이었다.

아니다 다를까, 하이어드 네델트의 얼굴은 딱딱하게 굳었다. 감정을 숨기려던 노력도 무위로 돌아갔다. 목이 타는지 입술을 몇 번 들썩이던 그가 다시 입을 열기까지는 다소 시간이 필요했다.

"…무리입니다, 이길 수 있을 리가 없습니다. 당장 항복하면 목숨만이라도……."

"목숨만이라도? 꽤나 낙관적이로군."

로렌은 비웃었다.

"너희가 뭘 믿고 이 '혁명'을 일으켰는지 나는 안다. 내가, 아니, 발레리에 대공도 알겠지. 아니, 대공이야말로 이 일에 대해 가장 잘 알고 있을 거야. 그 '격문'을 쓴 게 본인이니까 말이야."

공공연한 비밀이었다. 하지만 비밀은 비밀이다. 아는 사람은 다 알지만, 모르는 사람은 모르는. 모르는 사람은 새롭게 알게 되더라도 좀처럼 믿으려 하지 않을 비밀이었다.

"그 진실을 사람들에게 털어놔 봐야 사람들은 믿지 않겠지.

하지만 대공의 격문에 휘둘린 본인들이 직접 증언한다면, 어쩌면 사람들은 믿을지도 몰라."

가능성이 높지는 않다. 증인의 정체는 반란군 수괴다. 그들의 말을 곧이곧대로 믿을 사람이 많지는 않았다.

그러나 없지는 않았다.

"그건 대공에게 곤란한 일이지. 아주 낮은 가능성이지만, 그런 일이 일어날지도 모른다는 것 자체가 대공을 불쾌하게 만들 거야."

소수의 사람들이 그들의 증언을 믿는다고 해도 상황이 뒤집어질 가능성은 매우 낮다. 없다고 봐도 무방하다. 그렇다한들, 진실이 밝혀지는 건 대공에게 있어 불쾌한 일이다.

그리고 권력자일수록 이런 일에 민감하다. 불쾌해질 만한 일을 사전에 차단하려고 한다.

타인의 목숨보다 내 기분이 중요하다.

발레리에 대공은 그런 면모가 특히나 강했다.

"그럼 여기서 문제를 하나 내주지."

로렌의 입술이 다시금 가학성을 띠었다.

"너희가 항복한다고 대공이 목숨만이라도 살려줄 것 같은가?"

단순한 리스크 관리의 문제다.

며칠 전이라면 로렌의 말에 고개를 저었을지도 모른다. 발레리에 대공께서 그런 짓을 할 리 없다고 말이다.

그런데 지금 하이어드 네델트의 손에 들려 있는 것이 바로 발레리에 대공이 직접 작성한 선전포고문이다. 그들이 버려졌다는 다른 무엇보다도 강력한 증거물이다.

맹목적이고 충성스러운 자라면 이걸 보고도 고개를 저었을지 모르나, 적어도 하이어드 네델트는 그런 인물이 아니었다. 그는 어디까지나 '위험 부담은 다소 크지만 승산이 있는 투자처'에 뛰어든 '투자자'에 불과했다. 그렇기에 그는 더 이상 고개를 저을 수 없었다.

"명령을 내려라, 하이어드 네델트."

로렌은 말했다.

"전쟁을 준비해라."

하이어드 네델트는 고개를 끄덕일 수밖에 없었다.

*　　　　　*　　　　　*

대공 측도 이쪽에서 뭔가 수를 썼다는 것 정도는 눈치채고 있으리라. 그럼에도 선전포고를 하고 군대를 움직인 이유는 사실 심플하다.

자신감의 발로였다.

이쪽에서 아무리 잡다한 술책을 동원한다 한들, 순수한 힘의 크기로 자작령의 군대를 압살할 수 있으리라는 자신감.

그야 그렇다. 일개 자작이 대공을 상대로 얼마나 저항할 수 있겠는가? 인구부터 시작해서 생산력, 경제력, 군사력, 정치적인 입지, 그 외 등등 대공령은 자작령을 모든 면에 있어서 압도한다.

전쟁을 벌이면 지는 것이 더 어렵다.

틀림없이 그렇게 생각하고 있으리라.

"힘이 강한 자는 멍청하다는 인식이 널리 퍼져 있지만, 사실 그건 그들이 지혜로울 필요가 없기 때문일 뿐일세. 힘들여 지혜를 쥐어짜지 않아도 승리를 거머쥘 수 있으니, 멍청한 채로 있을 수 있는 거지. 그것이야말로 진정한 여유의 발로일세."

그렇다면 당신도 좀 멍청해질 필요가 있어.

자신이 살아왔던 세월의 10%나 살아봤을까 의심스러운 소년을 향해 하이어드 네델트는 그런 말을 꺼낼 수 없었다.

여기서 말하는 소년이란 물론 로렌이다.

네델트가 로렌에게 본심을 그대로 내뱉었다간 죽을지도 모른다. 적어도 본인은 그렇게 생각하고 있다.

"지혜라는 건 약자의 수단일세. 지혜를 쥐어짜내야 비로소 생존할 수 있기 때문이지. 승리는 고사하고 그저 살아남기만을 위해서라도, 약자는 있는 지혜를 다 쥐어짜낼 필요가 있네.

그리고 나는 약자이지. 그러니 지혜를 쥐어짜내야만 하네."

헛소리!

하이어드 네델트는 그렇게 외칠 뻔했다. 그의 생각에 로렌
의 말은 어이없는 개소리였다.

'생존 같은 소리 하네.'

발레리에 대공군과의 첫 전투였다.

하이어드 네델트는 내키지 않는 발걸음으로 전장에 나아가,
자신의 용병들에게 전투 명령을 내렸다.

당연하다시피 항명하는 놈이 나왔다. 네델트는 그놈의 심
정을 이해했다. 자신이라도 발레리에 대공과 싸우라면 항명할
것이다. 이해하고 말고는 별개로, 사기 유지를 위해 곧장 그를
처형하기는 했지만 말이다. 아직 군령(軍令)은 서 있었다. 다행
한 일이었다.

네델트도 싸워서 이기리라는 생각은 하지 않았다. 어떻게
하면 전장의 혼란을 틈 타 로렌의 손에서 도망칠 수 있을까?
그런 생각만 하고 있었다.

결론부터 말해서 그 생각은 시도조차 못 하고 무위로 돌아
갔다.

승리했기 때문이었다.

네델트는 자신의 승리를 이해하기 힘들었다. 그냥 뭔가 펑
펑 터지고, 우르릉 꽝꽝 하더니 이겨 있었다. 그리고 어느새

로렌이 자신의 곁에 다가와 이런 개소리를 하고 있었다.

"이거야말로 지혜의 승리일세."

진짜, 개소리였다.

*   *   *

로렌이 발레리에 대공의 선봉을 꺾는 데 사용한 계책은 간단히 말해 기만책이었다.

선봉장은 기사였다. 그것도 이심의 경지까지 너끈히 오른 기사단장급. 일반 용병들을 상대하라면 혼자서 수백 명까지는 너끈히 때려잡을 괴물이었다. 대공군 내의 다른 괴물들이 상대라면 모를까, 다른 데서는 어디서 기 죽을 인물은 아니리라.

불과 일천 명의 용병을 상대로 몸을 사릴 필요도 없으니, 선봉장이 알렉산드로스 대왕처럼 선두에 서서 돌진해 올 건 로렌도 예측하고 있었다. 일견 무모해 보이지만, 그것이 일반 병사의 희생을 줄이고 일신의 무력을 극대화하는 가장 효율적인 전술이었다.

지난 생의 로렌 하트 기준으로는 앞으로 50년 후면 사장되는 전술이기도 했다. 전격 폭발을 사용할 줄 아는 마법사가 전선에 배치되면서 그렇게 된다. 이심의 경지 정도로 전격 폭발을 버텨낸다는 것 자체가 판타지가 되니까 당연히 그런 무모한 짓은 그만두게 된다.

반대로 말하자면, 지금 시대의 기사들은 아직 고위 마법사에게 데여보지 않았다. 그리고 로렌은 그 사실을 아주 잘 알고 있었다. 그것은 그가 직접 기사의 비의를 체득하기 전까지 기사의 강함을 제대로 실감하지 못한 원인이기도 했다.

지난 생의 로렌 하트는 기사가 돌격해 오면 그 창이 선두의 병사에게 닿기도 전에 폭사시키는 역할을 맡았다. 이렇다 보니 기사의 공력이고 뭐고 체험해 볼 기회가 없었다.

이번 전투에서 일어난 일이 바로 그것이었다.

로렌은 선봉장을 폭사시켰다.

이것이 기만책인 이유는 간단하다. 발레리에 대공은 적이 라퓐젤 자작령의 정규군이 아니라 하이어드 네델트의 '혁명 세력'인 줄 알고 있었다. 그러니 '고작 이 정도'의 세력에 '마법사'가 포함되어 있으리라고는 생각하지 못했으리라.

설령 마법사가 있더라도 화염 폭발 정도나 겨우 쓰는 수준이라고 생각했을지도 모르고. 기사단장 수준이라면 강화되지 않은 화염 폭발 정도는 몸으로 받아낼 수 있으니까.

그래서 로렌은 거의 무방비 상태로, 적을 양껏 학살할 생각으로 방패조차 들지 않은 적 선봉장을 손쉽게 폭사시킬 수 있었다.

하이어드 네델트 몰래 용병들 속에 슬쩍 숨어 있었던 건 그냥 덤이었다. 그가 허튼짓을 하면 즉결 처형을 할 의도도 포함된 행동이었다.

정작 네델트는 전쟁 전에는 항명하는 아군 용병을 처형하기도 하고, 전쟁에 이기고는 의외로 좋아하는 모습을 보여주었기에 그럴 필요는 없었지만.

그래도 기껏 로렌이 '이건 지혜의 승리야!' 하고 승리 선언을 하는데 이거 또 개소리하네 같은 속마음이 슬쩍슬쩍 내비치는 표정으로 '네, 알겠습니다'라고 하는 건 좀 마음에 안 들었다.

'그냥 죽일까.'

생각은 그렇게 해도 승리를 거둔 장수를 마음대로 처형하는 건 말이 안 되기에 등을 몇 번 팡팡 쳐주는 걸로 그쳤지만 말이다.

"그런데 굳이 저럴 필요 있습니까?"

"아, 저거?"

로렌은 선봉장의 목을 잘라서 창에다 걸어놓았다.

"걱정 말게나. 저거 해봐야 자네 평판이 떨어질 뿐이니까."

"예?"

하이어드 네델트는 새된 목소리를 냈다. 그게 어째서 그렇게 되느냐고 묻고 싶어 하는 표정이었기에, 로렌은 친절하게 설명해 줬다.

"자네가 지휘관이잖나? 백이면 백 자네가 했다고 생각할걸? 저걸 본 이상, 대공은 아마 앞으로도 자네 항복은 절대 안 받을 거야."

"히이이익!"

상황을 뒤늦게 이해한 듯 하이어드 네델트는 비명을 질렀다. 로렌은 그를 째려보았다.

"뭐야, 항복할 셈이었나?"

"아니, 아니, 그런 건 아닙니다만."

하이어드 네델트는 헛기침을 하며 얼른 표정을 수습했다. 먼 대공보단 가까운 로렌이다. 일단 당장 살아야 될 것 아니겠는가.

"이제 어떻게 하면 됩니까?"

"퇴각하도록. 아, 군영에 불은 다 피워놓고 텐트도 방치해 두게."

"알겠습니다."

하이어드 네델트는 이유도 묻지 않고 바로 고개를 끄덕였다. 물어봤자 대답을 해주지도 않았겠지만.

어쨌든 네델트의 이런 점은 로렌의 마음에도 들었다. 지시는 바로 이행한다. 의문은 나중에나 입에 올린다. 이거 자체가 군인으로서의 소양이 있다는 뜻이다.

로렌에게는 이런 부하도 필요 없지는 않다. 네델트가 자신의 실용성을 증명하는 한, 살아남을 확률이 올라갈 테니 그에게도 나쁜 일은 아니었다.

36장
감사합니다, 스승님

하이어드 네델트가 발레리에 대공과의 전투에서 승리를 거뒀다는 소식은 주변 영주들에게는 물론 발레리에 대공에게도 충격으로 다가왔다.

있어서는 안 되는 일이 일어난 것이다.

아무리 아주 가볍게, 약간의 용병만을 떼어 선봉으로 내세웠다고 한들 있을 수 없는 패배다.

전력으로도 4 대 1의 비율이었다. 물론 발레리에 대공군 측이 4다.

선봉장에게는 조금 더 떼어줄까 했지만, 더 이상의 지원은 모욕으로 받아들이겠다는 패기 넘치는 발언에 대공은 흡족해했다.

그런데 졌다.

패장의 목을 바로 베어도 아무도 제지하지 않을 대패였다. 실제로 대공은 그의 목을 베고 싶어 했지만, 그의 소망은 이뤄지지 않았다. 이미 목이 베어진 자의 목을 두 번 벨 수는 없으니까.

호기롭게 승리를 공언하던 선봉장의 목이 창에 꿰인 채 전장이었던 벌판 한가운데 전시되어 있었다.

"이런 도발은 받아본 적도 없습니다!"

중군의 사령관이 분통을 터뜨렸다.

그야 없겠지.

발레리에 대공은 생각했다.

자신의 밑에 들러붙어 유리한 전쟁만을 해온 자다. 그가 패배를 몰랐던 이유는 어디까지나 패배할 만한 상황에 투입되어 본 경험이 없기 때문이었다.

그리고 그건 아직 죽은 지 오래되지 않아 그 목에 묻은 피가 말라붙지도 않은 저 선봉장도 마찬가지였다. 실패를 경험해 보지 못한 인간은 점점 대담해진다. 그리고 멍청해진다.

아니나 다를까, 중군 사령관은 곧바로 멍청한 발언을 했다.

"지금이라도 당장 본대를 움직여 저 벌레보다 못한 것들을 다 짓이겨 버려야 합니다!!"

멍청이.

발레리에 대공은 그 욕설을 바로 입 밖에 내지 않았다.

"진정하시오, 장군. 적이 이런 대담한 도발을 한 이유를 먼저 알아야 합니다."

그 말을 대신 해줄 사람이 곁에 있기 때문이다. 물론 직접적으로 멍청이라고 말하지는 않았지만 전달하고자 하는 의미는 같았으니 별 상관이야 없었다.

마법사 엔살라나. 대공의 좌편에 앉은 자이자 고귀한 웰시 엘프의 혈통을 이은 이. 그 나이는 불과 50세로, 아직까지도 싱그러운 외모의 소유자이기도 했다. 마법사로서도 웰시 엘프로서도 이 어린 나이에 대공의 좌편에 앉아 있다는 것 자체가 그 실력을 방증하고 있었다.

"저들은 적이라 칭할 가치도 없는 피라미입니다!"

중군 사령관은 엔살라나의 말을 일부러 무시하며 계속해서 말했다. 하지만 엔살라나는 끈질기게 말했다.

"그 피라미에게 우리 선봉 일개 대대가 당했소. 다시 말하지만 진정하시오, 장군."

"닥쳐라, 요망한 것!"

중군 사령관은 더 이상 엔살라나를 무시하지 못하고 벌겋게 달아오른 얼굴로 그녀를 비난했다. 그는 대공의 좌편 두

번째 자리에 앉은 자. 자리 배치로 보아 서열은 엔살라나보다 낮았지만 그는 시종일관 엔살라나를 멸시했다.

이유는 엔살라나가 엘프이기 때문이며 그가 대공의 혈통이기 때문이기도 했다.

대공령에서 엘프의 처지는 그리 좋지 않았다. 다른 지역, 특히 변경 지역에서는 하이어드 엘프가 돈을 잔뜩 벌어 금권을 장악한 다음 억지로 사회적 지위를 끌어 올리고 있었지만 대공령에서는 그게 통하지 않았다.

대공이 소득세를 무겁게 먹이고 일정 이상의 부자들이 출현하는 걸 인위적으로 막는 데다, 제도의 허점을 뚫고 등장한 신흥 상인 세력에게는 수작을 부려 적당히 명분을 세운 후 절대명령권을 이용해 재산을 전부 압류해 버리기 때문이었다.

다른 지역이라면 조직적인 반발을 받겠지만 대공은 그리 쉬운 상대가 아니었고, 이런 극단적인 견제는 오직 하이어드들만 받았기에 다른 종족 상인들은 집단행동은커녕 철저한 무시로 일관했다.

그렇기에 대공령은 엘프의 지위가 엘리시온 왕국 멸망 후의 상황과 그리 다르지 않은 몇 안 되는 지역이었다. 하이어드는 여전히 누군가에게 부림받는 천민이고, 웰시 엘프는 멸시의 대상이다. 로어 엘프야 말할 것도 없다.

즉, 중군 사령관인 토르티오 발레리에 케르압은 대공의 직계 혈통으로서 웰시 엘프인 엔살라나에게 지극히 상식적인 태도를 취하고 있는 거였다.

더군다나 토르티오는 대공의 열두 기사단을 아우르는 총사령관이기도 했다. 호기롭게 첫 전투에 나섰다가 학살당한 선봉장의 직속상관이자 책임자란 의미다. 선봉 일개 대대가 전멸했다는 엔살라나의 발언을 충분히 도발로 받아들일 수도 있는 직위에 앉아 있었다.

토르티오는 원래대로라면 엔살라나가 감히 말을 붙일 수 있는 상대가 아니었다. 그런데 도발까지 하다니. 자존심 때문에라도 흥분한 척이라도 하는 게 맞는 상황이었다.

지금 상황이 평시라면 말이다.

문제는 지금이 평시가 아니라 전쟁 중이라는 것이고, 첫 전투가 패배로 끝난 상황이라는 점이었다.

"엔살라나."

대공이 입을 열었다.

"생각을 말하라."

그 말을 들은 토르티오 중군 사령관은 새파랗게 질려 자리에 털썩 주저앉았다. 당연히 자신의 편을 들어줄 줄 알았던 숙부가 엔살라나의 이름을 불렀다. 애초에 그녀가 한 자리 더 가까이 대공 곁에 앉아 있다. 이 특수 상황을 뒤늦게 받아들인 탓이었다

멍청한 놈.

발레리에 대공이 자신의 속에서 토르티오의 평가를 두 단계 정도 내렸더니, 어느새 밑바닥이 되어버렸다. 토르티오가 가문의 이름을 더럽히기 전에 적당한 때를 보아 치워 버려야겠다고 속으로 생각한 후, 대공은 엔살라나의 듣기 좋은 목소리에 귀를 기울였다.

침소에서는 더 괜찮은 목소리로 우는데, 라고 생각하며 말이다.

*　　　　　*　　　　　*

"안 오는군."

로렌은 안도의 한숨을 내쉬었다.

약간의 도박이었다. 적의 중군 사령관인 토르티오 발레리에 케르압은 좋게 말해 무골, 나쁘게 말하자면 돌머리라 이쪽의 작전은 아랑곳 않고 그냥 군대를 밀고 내려올 수도 있었다.

하지만 그런 일은 일어나지 않았다. 적 쪽에도 머리 좀 쓸 줄 아는 책략가가 있는 모양이었다. 하기야, 대공 밑에 그런 인물이 없는 게 더 이상하다.

"덕분에 우린 퇴각할 시간을 벌었지."

기만책을 써서 쉽게 이긴 것 같지만, 사실 전투는 꽤 치열

했고 아군 측의 피해도 만만치 않았다. 적의 병력이 네 배나 되니 당연한 일이기도 했다. 병력 차만 보면 승리한 게 이상할 정도의 격차였다.

그런 대다수의 적을 거의 몰살시키다시피 했으니, 그 대가도 커서 아군의 절반 규모 정도는 되는 사상자를 내고 말았다.

그러니 만약 적이 바로 치고 내려왔다면 이번에야말로 패배를 피할 수 없었을지도 모른다.

하지만 로렌은 적 선봉장의 머리를 잘라 창대에 걸어놓는 강수를 두었다. 굳이 상대를 도발하는 것 같은 짓거리를 해서 적의 의심을 사려고 한 것이다.

'저 약한 놈들이 왜 우릴 도발하지? 뭐 함정이라도 있나?'

이렇게 의심하게 만들었고, 결국 대공군은 로렌의 작전을 경계한 나머지 바로 덤벼오지는 않았다. 물론 상대가 멍청해서 그냥 도발에 걸려들었다면 큰일이었겠지만, 로렌의 작전은 멋지게 들어맞았다.

"엔살라나 넬라, 그녀 덕분이라고 봐도 되겠군."

로렌은 발레리에 대공령의 정보상으로부터 대공의 측근들에 대한 정보를 사들였고, 토르티오나 엔살라나에 대한 정보는 거기에 포함되어 있었다.

엔살라나는 넬라의 성을 갖고 있지만 라푼젤과는 아무런 관계가 없다. 그녀도 라푼젤처럼 고아에 떠돌이였다가 발레리에 대공의 눈에 들었던 케이스였다. 넬라라는 성도 그녀가 보기엔 그럴듯해 보였는지 대공의 허락을 얻어 자칭하고 있을 뿐이다.

웰시 엘프이자 마법사, 그리고 발레리에 대공의 양녀였던 그녀는 지금 발레리에 대공의 좌편에 앉아 있을 터였다.

로렌은 그녀의 사고 패턴에 대해 잘 알고 있었고, 그래서 이번 작전을 입안할 수 있었다.

지난 생, 로렌 하트일 때에 그는 엔살라나 넬라에게서 제대로 된 마법을 배웠다. 말하자면 스승이라 할 수 있지만, 로렌은 그녀에게 별로 고마움을 느끼지는 못하고 있었다.

로렌이 그녀의 제자였을 때 엘리시온 왕국의 고문서를 해석하고 그 내용을 기반으로 한 연구를 한 적이 있다. 그래도 스승이라고 로렌은 엔살라나에게 자신의 연구를 정리한 논문을 보여주었는데, 그녀는 그 논문을 자기 이름으로 발표해 버렸다.

딱 그 논문만으로 엔살라나는 궁정 마법사의 지위까지 오르게 되었으니 그 연구가 당시의 마법 학계에 얼마나 큰 영향을 끼쳤는지 능히 알 만하다.

애초에 그녀가 로렌에게 마법을 가르쳐 준 이유는 그냥 발레리에 대공의 유지를 받든다는 명목으로 로어 엘프 몇 명을 마법사로 키워낼 필요가 있었기 때문이었다.

순진했던 때에는 대공의 양녀였던 엔살라나가 왜 대공으로

부터 의절당했는지 몰랐지만, 지금은 안다. 그녀는 대공을 유혹해 애첩이 되었다. 대공은 자신이 양녀를 침대에 끌어들인다는 추문을 피하기 위해 그녀를 의절시켜 버렸다.

즉, 엔살라나가 대공령에서 쌓아올린 지위는 모두 대공의 애첩이라는 점에서 오는 것이었다. 그렇다 보니 대공이 사망한 후 그녀는 자신의 입지에 불안감을 느꼈다.

그래서 대공을 추모하고 유지를 받들기 위해 로어 엘프 소년들을 가르친다는 명목으로 마법 학교를 세워, 억지로 대공령에 자신이 있을 자리를 만들어낸 것이었다.

로렌의 첫 스승이자 사기꾼이긴 했지만 수완만은 좋았던 하르트 하트가 로렌을 비롯한 로어 엘프 소년 몇 명을 마법에 재능이 있는 자신의 제자라며 엔살라나에게 팔아치웠고, 엔살라나는 그 말을 믿고 소년들을 받아 키웠는데 로렌 외에는 전부 마법에 재능이 별로 없었다.

이 일로 하르트 하트는 엔살라나에게 찍혀 사기꾼임을 들키고 몰락하고 말았고, 이후 하트의 성을 로렌에게 빵 한 조각만 받고 팔게 되지만 그건 다른 이야기.

어쨌든 로렌은 엔살라나와 함께 생활한 적이 있고, 그래서 그녀의 빈틈을 잘 찌를 수 있었다는 이야기다.

그리고 이번 작전의 결과로 그녀가 대공이 군영에서 꽤 발언력이 높다는 사실 또한 파악할 수 있었으니, 앞으로 한 번 정도는 더 그녀의 빈틈을 찌를 수 있다는 것 또한 알게 되었다.

"얻은 게 많군. 감사합니다, 스승님."

로렌은 득의만면하며 다음 작전을 위한 움직임을 시작했다.

＊　　　　＊　　　　＊

기만 작전을 펼치고 있었던 터라 에드워드 백작이나 리처드 남작에게 대대적인 지원을 받을 수는 없었다. 애초에 사실 로렌이 '혁명 세력'을 제압하고 괴뢰 취급하고 있다는 걸 아는 것도 외부 세력 중에서는 백작과 남작뿐이었다. 그들의 측근조차 모른다.

그래서 로렌의 동맹이 기밀을 유지한 채 지원해 줄 수 있는 것에는 한계가 있었다.

하지만 사실 이 정도면 충분했다.

"잘 부탁드립니다, 리처드 남작님."

로렌은 리처드 남작에게 고개를 숙였다.

"그래."

리처드 남작은 기분 좋게 고개를 끄덕였다.

그렇다. 로렌은 리처드 남작 본인을 불러왔다. 그의 기사단을 불러올 수는 없었지만, 리처드 남작 하나가 그를 제외한 기사단 전원의 무력을 능가한다. 사람 하나가 전략 병기급인 셈이다. 언뜻 들으면 말도 안 되는 소리 같지만, 사실 전투력 면에서만 평가하자면 로렌도 마찬가지긴 하다.

리처드 남작 옆에 도열하고 선 바투르크의 표정이 그리 좋아 보이지는 않았다. 대체 둘 사이에 무슨 일이 있었기에 저렇게 앙금이 깊은지 로렌은 몰랐지만, 이번만큼은 바투르크가 좀 참아야 했다.

12개 기사단을 거느린 발레리에 대공과의 전투다. 둘 사이가 안 좋다고 귀중한 기사 전력을 분산시킬 순 없었다.

바투르크는 불쾌해하는 선에서 끝났지만, 오히려 더 극적인 반응을 보여준 건 하이어드 네델트였다. 그는 리처드 남작의 모습을 발견하자마자 그 자리에서 바들바들 떨기 시작했다.

"히, 히이이익!"

반응을 보아하니 하이어드인 네델트에게도 리처드 남작의 위명은 아주 잘 알려져 있는 것 같았다. 만약 남작이 그에게 다가가 어깨에 손이라도 얹으면 그는 그대로 지려 버릴 것처럼 보였다.

"그래서 야전사령관, 내가 수행해야 할 임무는 뭐지?"

바투르크나 네델트, 혹은 다른 이들의 반응은 모조리 무시한 채 리처드 남작은 로렌을 바라보며 웃었다. 이제부터 벌어질 전투가 그에게는 기꺼운 모양이었다.

리처드 남작의 대응은 평화로웠던 시대의 지구인 기준으로는 정신 나간 것이었지만, 로렌은 기분 좋게 받아들였다. 리처드 남작은 로렌의 지시를 따르겠다고 말한 것이다. 저 강력한 기사가, 어떻게 기분이 안 좋을 수 있을까?

*　　　　*　　　　*

자신의 혈육을 처리하는 데 가장 좋은 방법은 사고사다. 그 다음이 작전 중 전사고.

발레리에 대공은 차선책을 쓰기로 했다.

달이 밝았다.

적이라고 하기엔 너무나도 미약한 저들 '혁명 세력'은 이쪽에서 그들의 손을 빌려 사람을 죽이려 하는 걸 알아챌지도 모른다. 모른다면 그 우둔함을 증명하는 것이니 좋고, 안다면 확실하게 일을 '처리'해 줄 테니 더욱 좋다.

토르티오의 죽음은 저들에게도 이득일 테니, 거부하지는 않을 것이다.

물론 대공에게 이득이 더 크긴 하다. 토르티오의 죽음은 좋은 명분이 될 것이다. '분노'하여 자작령 전역을 쓸어버려도 그 누구도 뭐라 못 할 적절한 명분.

'혁명 세력'이 라핀젤을 처형했다면 이미 세워졌을 명분이었다. 이미 의절했다고는 하나 한때의 양녀를 죽인 자들을 토벌

한다는 것은 약간 부족하나마 그럴 만한 '꺼리'가 되니까.

라푼젤은 아직 처형당하지 않았다. 어쩌면 저들이 라푼젤을 놓쳤을 뿐일지도 몰랐다. 이쪽에서 라푼젤을 습득할 수 있다면 그것도 나쁘지 않다. 어떻게든 재활용이 가능할 것이다.

더 좋은 건 라푼젤이 '혁명 세력'에 의해 처참하게 처형당하는 것이긴 했다. 대공이 기다리던 것이 그것이기도 했다. 그러나 그런 일은 아쉽게도 일어나지 않았다.

대공위에 올랐음에도 세상일이 마음대로 되지 않는다. 발레리에 대공은 답답함을 느꼈다.

싫은 놈은 죽이고 갖고 싶은 건 빼앗고. 그런 건 지금도 가능이야 하지만 영 귀찮다. 명분을 세우고 입막음을 하는 등의 사전 작업과 사후 처리를 다 거쳐야 하기 때문이다. 물론 이런 것들을 대공이 전부 직접 하는 건 아니지만, 명령을 내리는 것조차 귀찮았다.

그중에서 가장 마음에 안 드는 게 역시 라푼젤이었다.

"아버지 하는 일에 사사건건 반항을 해대니."

애초에 그레고리 남작령에서 예정대로 죽어줬으면 될 일이다. 그렇게만 했다면 그녀가 원하는 대로 모든 일이 진척됐으리라. 로어 엘프는 해방됐을 것이고, 라푼젤 발레리에 넬라의 이름은 역사에 남게 됐으리라.

그리고 내공도 원하는 것을 얻었을 것이고.

대공은 품속에서 나침반을 꺼냈다. 일반적으로 나침반은 북쪽을 가리키게 마련이지만, 대공이 꺼낸 나침반은 고장이라도 난 것처럼 축 늘어져 중력에 따라 흔들리고 있었다.

이 나침반의 침은 신의 연대에 만들어진 기물인 엘리시온의 경이 조각을 가공한 것이다. 너무 작은 조각이라 다른 능력은 없고, 주인을 만나지 못한 다른 엘리시온의 경이의 조각 위치를 가리키는 기능 정도만 붙어 있다.

한때 이 나침반은 그레고리 남작령 쪽을 가리키고 있었다. 그래서 대공은 남작령을 점령하고 난 후, 엘리시온의 경이 조각의 위치를 천천히 탐색하려고 했다.

그런데 침략 명분을 위해 죽어주기로 한 라푼젤은 죽지 않고 시간이 질질 끌리더니 결국 타이밍을 놓치고 말았다. 나침반의 침이 이렇게 축 늘어지고 만 것이다. 나침반이 가리키던 조각에게 새 주인이 생겼다는 의미였다.

물론 그 새 주인을 찢어 죽이고 조각을 강탈하는 것도 좋은 방법이었다. 대공의 영향력이라면 가능한 일이기도 했고.

하지만 나침반을 쓸 수 없게 됐으니 새 주인을 찾아내는 것도 쉬운 일은 아니리라. 이미 그레고리 남작령에 끄나풀을 잠입시켜 찾아보고는 있지만 긍정적인 보고는 올라오고 있지 않았다.

혹시 나침반이 가리키던 엘리시온의 경이 조각의 새 주인이 라푼젤이 아닐까 생각해 본 적도 있었다. 곧 고개를 젓긴 했지만 말이다.

대공령에 있을 때부터 라푼젤은 '고귀함'을 '단련'하는 데 소홀했다.

아름다운 드레스와 빛나는 보석으로 몸을 치장하는 대신 무명옷을 입고 뛰어다니는 걸 더 선호했다. 시녀들이 몸을 닦아주는 것조차 거부하면서 시녀들에게 '우리는 똑같은 인류다' 같은 말도 안 되는 소릴 입에 달고 다녔다. 고귀한 이와 살을 섞어 자신의 고귀함을 드높일 생각도 하지 않았다. 물론 그 고귀함이란 발레리에 대공 본인이었다.

그런, 고귀함이라고는 눈을 씻고 봐도 찾아볼 수 없는 여자를 엘리시온의 경이 조각이 주인으로 받아들일 리가 없었다.

그 증거로 대공이 가지고 있던 조각들은 라푼젤에게 전혀 반응하지 않았다.

그래서 대공도 라푼젤을 버리기로 마음먹었던 것이었다. 네 소원을 들어줄 테니, 그레고리 남작령으로 죽으러 가라고 말이다.

그런데 라푼젤은 약속을 어기고 죽지도 않고, 자작령을 내놓으라는 대공의 요청도 무시하니 마음에 들 리가 만무했다.

"생포하면 찢어 죽여야겠군."

발레리에 대공은 으르렁거리며 혼잣말을 했다. 재활용을 해야겠다는 생각은 접어버렸다. 이런 것까지 하나하나 알뜰하게 재활용해야 할 정도로 쪼들리는 살림도 아니다.

불쾌감을 곱씹으며 나침반을 도로 품속에 넣어버린 후, 대공은 침소로 돌아갔다.

＊　　　　＊　　　　＊

로렌은 조금 당황했다. 발레리에 대공군이 보인 움직임이 기이했기 때문이었다.

"…우릴 얕봐도 아주 너무 얕보는데? 그렇게 생각 안 하나?"

옆에 있던 리처드 남작이 로렌의 어깨에 손을 얹으며 그렇게 말했다.

"발레리에 대공이 남작님께서 여기 계신 걸 모르고 있다면야, 얕볼 만도 하죠."

"넌?"

"저도요."

"그렇군."

리처드 남작은 동의하듯 고개를 끄덕였다.

리처드 남작이 그렇게 말하는 게 당연했다. 그 정도로 발레리에 대공군의 움직임은 기이했으니까. 어떤 식으로 기이했냐면, 첫날 교전한 선봉 부대와 똑같았다. 움직임은 물론이고 구성된 병력, 병종까지 같았다. 지휘관만 달랐다.

토르티오 발레리에 케르압. 본래 중군의 사령관이었던 자가 지휘를 맡고 있었다.

"죽여달라는데, 죽이는 게 낫지 않을까?"

리처드 남작의 말 대로였다. 토르티오가 이끄는 부대는 첫날 패전을 겪은 부대와 아예 동일한 구성으로 똑같은 움직임을 보이고 있었다. 아마도 대공의 강요에 의한 움직임일 가능성이 매우 높았다.

즉, 이런 거였다.

토르티오 발레리에 케르압은 자신의 삼촌인 발레리에 대공에게 이런 지시를 받고 왔을 가능성이 매우 높았다.

패배하고 죽어라.

자신의 혈육에게 그런 명령을 내리는 발레리에 대공도 대공이지만, 그런 명령을 들었다고 수행하는 토르티오도 토르티오다.

'가족이라도 인질로 잡혔나.'

처자식이 있을 나이다. 부모는 죽었을 테고. 발레리에 대공이 대공위를 이을 때 자신의 형제자매를 모조리 숙청했다는 건 유명한 이야기니까. 인질이 될 만한 인물은 자식일 가능성이 높았다. 그러니 저렇게 순순히 죽으러 오지.

"아뇨, 그건 곤란합니다."

그러므로 로렌은 고개를 저었다.

"생포하죠."

"기사단장을?"

"불가능합니까?"

상대도 이심의 경지에 오른 기사단장이다. 쉽게 생포할 수
있을 리 없었다. 바투르크에게는 불가능한 일이다. 사실 로렌
도 본인이 그런 명령을 받았다면 자신 없다고 할 터였다.

"안 해봐서 모르겠는걸."

전투용 망치를 애들 장난감 다루듯 돌리며, 리처드 남작은
장난기 섞인 웃음을 지었다.

"어깨 정도는 부숴도 되지?"

로렌도 상대가 리처드 남작이니 이런 부탁을 할 수 있는 거
다. 괴물 중의 괴물. 이 사람이 대공과의 전투에서 죽지 않음
으로써 역사는 확실히 바뀔 것이다. 로렌은 그렇게 확신하고
있었다.

"살려만 두시면 제가 회복시키죠."

"머리는 깨면 안 되겠군."

진심으로 아쉬운 듯 리처드 남작은 혀를 찼다.

*　　　　*　　　　*

토르티오 발레리에 케르압을 사로잡았다.

리처드 남작에게는 쉬운 일이었다. 혼자 직선으로 달려가서 들러붙는 적들은 다 쳐 죽이고 길을 터놓은 후 토르티오의 오른쪽 어깨에다 냅다 전투용 망치를 휘둘러 깨는 것으로 족했다.

토르티오는 꽤 인망이 있는 편이었는지 그를 사로잡자 휘하의 기사들이 항복했다. 어쩌면 그냥 리처드 남작에게 죽기 싫어서 한 항복일지도 모르지만, 상대는 용병 나부랭이들이 아니라 기사들이다. 그러니 항복한 이유는 주군에 대한 충성과 목숨 부지, 둘 다일 것이다.

이로써 이쪽에 리처드 남작이 있는 걸 들켰다. 더불어 이쪽이 정규군이라는 것 또한 들켰을 것이다. 리처드 남작이 동맹을 무너뜨린 하이어드 반역자의 편을 들어준다는 건 앞뒤가 맞지 않았으니까.

그래도 승리는 승리다. 손해만 본 것도 아니고. 적의 기사단 하나를 무너뜨렸으니 이득이 아닐 수는 없다.

'이 기사단을 공짜로 넘겼다는 게 대공에게 있어서 치명적인… 아니지.'

대공의 세력권을 생각해 보니 기사단 하나둘 손실 정두는 역시 치명적인 손해는 아니다. 로렌은 머리를 벅벅 긁었다.

"작전을 새로 짜야겠군요."

변수가 새로 많이 생겼으니 지금까지 짰던 작전은 다 폐기해야 했다. 골치가 아프지 않다면 거짓말이다.

"나 공 세웠잖아. 논공행상 안 해?"

그 변수보다도 골치 아픈 건 리처드 남작이었다.

"…남작님이 제 상급자 아니에요?"

반말도 틱틱하면서. 로렌은 그 말은 삼켰다. 해봐야 좋을 말이 아니었다.

"아무튼 뭐든 줘."

사실 리처드 남작이 원하는 건 확실했다. 그러니 로렌도 망설일 필요가 없었다.

"돼지 드릴게요. 제 건 아니지만."

"좋아."

애초에 리처드 남작은 돼지 먹으러 자작령에 들렀다가 일이 터진 거였다. 사실은 로렌이 타이밍을 조절한 것이지만, 그런 거야 뭐 크게 중요하지도 않았다. 논공행상으로 돼지를 요구한 것만 봐도 알 수 있겠지만, 남작은 바투르크의 돼지를 굉장히 마음에 들어 했다.

'그 돼지가 마음에 안 들 수는 없지.'

일이 이렇게 되어버린 탓에 이제는 바투르크도 로렌이 자신의 주군이자 상급자인 걸 잘 알고 있었다. 돼지를 달라고 하면 줄 것이다. 그렇다고 일방적으로 자신의 기사에게서 약탈만 해서야 주군 자격이 없다.

'바투르크한텐 대신 뭘 줘야 되지?'

분명 승리를 했는데 로렌은 점점 더 골치가 아파짐을 느꼈다.

＊　　　＊　　　＊

"토르티오 발레리에 케르압. 귀하신 분이 우리 군영에 방문하셨군. 환영하오."

하이어드 네델트가 가증스럽게 물었다. 로렌은 그의 시종인 것처럼 옆에 얌전히 서 있었다.

"날 귀하신 분이라고 생각한다면 이 밧줄부터 푸는 게 어떤가? 하이어드. 아까부터 살에 파고들어서 아프단 말이야."

토르티오는 생각보다 거물인지 태연하게 말했다. 그러나 그의 그런 태도도 오래 가진 않았다.

"이심의 경지에 오른 기사단장급 주제에 쓸데없이 엄살 부리지 마라."

아무 제지도 받지 않고 천막 안에 훌쩍 들어온 리처드 남작의 첫 마디에 이미 토르티오는 움찔 굳었다.

리처드 남작을 본 토르티오가 공포에 질릴 법도 했다. 기사 다 하나 정도는 아무렇지도 않게 헤집어놓을 수 있는 괴물이다. 어깨에 망치를 맞은 기억이 벌써 사라질 리도 없었다.

아무리 토르티오가 혈통으로 기사단장의 지위에 올랐다 하더라도 아예 실력이 없는 것은 아니다. 토르티오가 마음만 먹으면 저딴 밧줄은 힘도 안 주고 끊어버릴 수 있었다.

하지만 리처드 남작의 존재가 그를 묶어놓고 있었다. 리처드 남작이 없었다면 로렌은 토르티오를 생포할 생각도 안 했을 것이다. 애초에 생포를 못 했을 가능성도 높았고.

"남작께서 어째서 여기에……."

리처드 남작에게 토르티오는 대공의 혈육이면서도 높임말을 썼다. 당연한 일이었다. 리처드 남작의 작위는 남작이지만 그는 영주다. 그저 혈통만 귀족인 토르티오와는 격이 다르다.

하기야 작위나 봉토 따위 없어도 토르티오는 리처드 남작에게 높임말을 썼을 가능성이 높았다. 목숨이 아깝다면 괜한 자존심을 부릴 이유가 없었다.

"그건 네 둔한 머리로 생각할 필요가 없는 일이다."

리처드 남작도 당연하다는 듯 토르티오에게 폭언을 일삼았다.

"대공에게 네 몸값을 받아낼 생각을 하니 벌써부터 기분이 좋군."

"제 몸값… 말입니까?"

토르티오는 쓴웃음을 지었다. 리처드 남작의 폭언에 분노 같은 건 할 생각도 없는 것 같았다. 아직 삶에 미련이 많이 남은 모양이었다.

"삼촌은 저더러 죽으라고 말씀하셨습니다. 제게 몸값 같은 게 매겨질 리가요."

"그럼 죽으면 되겠군."

리처드 남작은 전투용 망치를 휙 들어 올렸다.

"안 됩니다, 남작님! 안 돼요!"

남작이 진심인 걸 안 로렌이 급히 말렸다.

"이분이 자살하는 걸 방조하는 건 괜찮습니다만 머리통을 박살 낸 흔적이 남으면 곤란합니다! 최소한 자살한 것처럼 꾸며내기라도 해야 돼요!"

로렌의 말을 들은 토르티오의 얼굴이 벌레라도 씹은 듯 구겨졌다. 로렌은 인간적으로 그의 심정을 이해했다. 이해했다곤 하지만 그게 배려로 이어지지는 않았다.

"아… 머리 부수고 싶은데."

리처드 남작의 투덜거리는 목소리가 토르티오로 하여금 곧장 표정 관리에 들어가도록 만들었으니, 사실 억지로 배려해 줄 필요도 없었다.

"그래서? 어떻게 할 거야? 로렌."

"아까도 말씀드렸습니다만 발레리에 대공이 이분을 사지로 내본 건 명분을 얻기 위해서입니다. 그 명분을 내주지 않기 위해서라도 우린 이분을 죽여선 안 됩니다."

"자살하게 내몰아야 된다는 뜻인가?"

"그러면 저희 쪽의 책임이 좀 줄기야 하겠죠."

토르티오는 로렌과 리처드 남작의 대화에 얼굴을 일그러뜨리는 대신 눈알을 굴리며 상황 파악에 온 힘을 기울이는 기색이었다. 일개 시종인 줄 알았던 소년의 말에 리처드 남작이 충동적인 행동을 멈춘 데다, 이름까지 불렀다.

귀족이 아랫것의 이름을 기억하는 건 정말 예외적인 경우였고 기억하고 있더라도 다른 귀족 앞에선 체면상 일부러 이름을 모르는 척까지 한다. 이런 상식을 미루어볼 때, 리처드 남작이 로렌의 이름을 부른 건 정말 파격적인 일이었다.

그러니 토르티오도 이제는 로렌을 무시할 수가 없게 되었다.

"저… 전 이제 어떻게 하면 되나요?"

리처드 남작이 애드립을 치느라 사전에 준비해 두었던 각본이 무용지물이 되었다. 그러다 보니 주연배우라 할 수 있었던 하이어드 네델트가 자기 역할을 잃어버리고 말았다.

"이제 와서 무슨. 다 들켰는데. 그냥 가만히 있어, 하이어드."

"아, 알겠습니다."

리처드 남작의 폭언에도 하이어드 네델트는 명백히 안도하는 빛을 얼굴에 띠었다. 귀족인 토르티오를 상대로 신문하는 데 거부감이 있었던 모양이었다. 애초에 라핀젤을 치러 난을 일으킨 주제에, 꽤 소심한 하이어드였다. 하긴 그래서 살아남은 거지만.

"자, 토르티오 경. 천것과 대화하는 게 기분이 안 좋으시겠지만 저와 이야기 좀 해보시겠습니까?"

로렌이 나서서 말했다.

평소라면 토르티오도 단호하게 거부했겠지만, 정황상 로렌은 무시할 수 없는 인물이다. 더욱이 지금 당장 자신의 머리를 깨부수고 싶어하는 리처드 남작을 말려주고 있는 게 로렌이었다. 토르티오도 고개를 끄덕일 수밖에 없었다.

*   *   *

로렌은 곧장 발레리에 대공의 군영 쪽에 사신을 보냈다. 물론 그 사신이 대표하는 이름은 하이어드 네델트였다. 지금에 이르러서는 눈 가리고 아웅인 짓이었지만 로렌은 상관하지 않았다.

사신에게 들려 보낸 메시지는 다음과 같았다.

우리가 당신들의 기사를 사로잡았으나, 정당한 몸값을 내면 풀어주겠다.

토르티오가 사로잡히고 함께 항복한 기사가 10명, 그 종자와 휘하의 기병도 포함하면 숫자는 더 많았다. 로렌은 그들

하나하나에게 전부 꼼꼼하게 몸값을 산정해서 보냈다.

지나치게 값을 높여 부르지도 않고 상당히 합리적인 가격을 제시했다. 합산한 값도 발레리에 대공이 별로 무리하지 않고서도 낼 수 있는 마지노선을 지키고 있었다. 그리고 그 값은 토르티오를 포함한 기사들에게 전부 공개했다.

보통은 이러지 않는다. 지구의 중세 시대와는 다르다. 다를 수밖에 없는 게, 이 세계의 기사는 공력이라는 힘을 다루는 진짜 초인들이다. 이런 초인들을 적에게 돌려주는 건 굉장히 위험한 짓이니, 바로바로 처형하는 것이 관례였다.

그러나 로렌이 이런 '어리석은 짓'을 한 데는 다 이유가 있다.

'거절한다!'

발레리에 대공으로부터 이런 답이 돌아올 걸 잘 알고 있었기 때문이었다.

상대 진영의 책사는 엔살라나고, 그녀는 과거에 대체 무슨 일이 있었는지 모르지만 기사들을 굉장히 싫어했다.

하기야 엔살라나의 실력으로는 기사들보다 더 나은 활약을 펼치기 힘드니 기사들을 견제할 만도 했다. 그런 엔살라나가 '돈을 내고 기사를 구해온다'는 선택을 할 리가 없었다.

하지만 이미 자신들의 가격을 들어서 알고 있는 기사들에게는 충격이 아닐 수 없었다. 자신들에게 그 정도 가치도 없을까. 자괴감이 들 만도 했다.

로렌은 그 틈을 파고들었다.

"당신들의 주군이 당신들을 돈 내고 살리려고 하지 않으니, 우리로서는 당신들을 처형할 수밖에 없습니다."

하이어드 네델트를 시켜 기사들에게 그렇게 말하도록 했다. 최대한 공손하게 유감의 뜻을 표하도록. 그것이 로렌의 지시였다.

"하지만 우리는 가능하다면 여러분을 살리고 싶습니다. 만약 당신들이 원한다면 우리 편에 귀순하는 것을 허락하도록 하겠습니다."

기사들은 네델트에게 욕설을 내뱉으며 얼른 처형하라고 했다. 천민인 하이어드에게 충성을 바치는 건 기사들로서는 상상조차 할 수 없는 일이니 당연한 반응이기는 했다.

라푼젤이 나설 차례였다.

젊고 아름다운 레이디에게 충성을 바치는 건 나이트 로맨스의 기본이다. 지구에서도 그랬고, 이 세계에서도 그렇게 다르지는 않았다. 그들은 곧장 욕설을 그쳤다. 진지하게 고민하는 기사들도 나왔다.

그럼에도 불구하고 귀순하는 기사의 숫자는 그렇게 많지는 않았다. 본래 주군에게 버려졌다고는 하나 스스로의 의지로 주인을 바꾸는 건 기사에게 있어 오명이다. 오명보다 죽음을 택한다는 건 로렌으로서는 이해하기 힘든 판단이었으나, 굳이 이해할 필요는 없었다.

귀순한 기사의 숫자는 딱 세 명이었다. 기사 휘하의 종자나 기병들은 자신들의 주인을 따른다고 해서, 기사대 3부대가 자작령의 편을 든 셈이 되었다.

귀순을 거부한 남은 7명의 기사와 토르티오는 이쪽에서 처형해야 했다. 그러나 로렌은 그렇게 하지 않았다. 그들은 대공의 군영으로 보내졌다.

그들의 최후는 모두가 예상한 대로 되었다. 토르티오를 포함해서 전원 처형당했다.

당연한 일이었다.

본래 몸값을 받고 넘겨주기로 했던 기사들이 무상으로 되돌아왔다. 이쪽의 진의를 의심하는 건 기본이고, 돌아온 기사들이 다른 마음을 품었을지도 걱정해야 했다. 그러느니 처형하는 게 낫다. 엔살라나도 기사들의 처형을 강력히 주장했을 터였고.

하지만 귀순한 기사 세 명은 그들이 처형당하는 것을 보고 느끼는 바가 없지 않을 것이다.

죽음을 각오하고 귀순을 포기해 대공에의 충정을 지킨 그 기사들의 명예는 철저히 더럽혀졌다. 기사들을 처형한 대공에게 정당성을 부여하기 위한 조처였다.

논리적으로 앞뒤는 맞을지 모르나, 처형당한 기사들의 진의와 진심을 아는 기사들은 이러한 대공 측의 조처에 어떤 감정을 느낄까.

그거야 뭐 어쨌든, 현실적으로 볼 때 이제 귀순한 기사들이 돌아갈 곳은 완전히 사라졌다. 라푼젤에게 충성을 다 바쳐 전심전력으로 싸우는 것이 살아남는 지름길이 되었다.

"오늘도 스승님을 잘 써먹었군."

로렌은 미소 지었다. 기사 전력의 질은 높으나 기사의 숫자는 절대적으로 부족한 자작군에 귀순한 기사들은 큰 전력이 되어줄 것이다. 돌아갈 길이 막힌 이상 배신당할 염려도 상대적으로 적으니, 더할 나위 없다.

*   *   *

발레리에 대공도 자작령 측이 기만책을 쓰고 있음을 알아챘다.

상대는 하이어드 네델트가 아니라 라푼젤 자작이었다.

'그게 뭐 그렇게 다르겠냐만.'

발레리에 대공의 입장에서 보자면 그 차이가 그리 큰 문제가 아니다. 대공이 군대를 움직일 명분을 얻은 시점에서 이미 하이어드 네델트가 끼어 있을 필요가 없어졌다. 연을 끊은 과거의 수양딸을 친다는 악명은 그 수양딸이 기만책을 쓴 것으로 인해 다 상쇄가 되었다.

리처드 남작이라는 변수가 끼어든 건 약간 문제지만, 그저 아쉬운 정도의 문제에 지나지 않는다. 제 아무리 리처드 남작이라 한들, 대공군의 군영에 혼자 파고들어 대공을 척살하거나 하는 건 불가능하니까. 적어도 대공은 그렇게 생각하고 있다.

또 다른 문제는 헨리 준남작령에 매복시켜 둔 별동대에게서 연락이 없다는 점이었다. 이렇게 여기서 느긋하게 시간을 끌고 있었던 것도 별동대의 움직임을 기다리고 있었기 때문이었다. 전선을 양면으로 형성하고 소모를 강요해서 싸먹는 고전적이지만 잘 먹히는 전술.

하지만 전서구를 몇 마리를 날려도 답신은 돌아오지 않고, 별동대의 움직임도 관측되지 않았다. 차라리 사람을 보낼까도 생각했지만 별동대의 매복 위치를 아는 자는 한정되어 있고 기밀이 누설되면 매복의 효과가 크게 떨어진다.

이것도 그리 큰 문제는 아니다. 어차피 지금 병력으로도 충분히 압살이 가능하니까.

더 큰 문제는 그 변수로 인해 원래대로라면 전장에서 명예롭게 죽어야 했던 토르티오가 리처드 남작에 의해 사로잡히고, 적에게 회유당한 채 아군 군영에 돌아온 탓에 대공이 직접 그를 처형해야 했다는 것이었다.

이건 기분 나쁜 문제였다.

그리고 발레리에 대공은 기분이 나쁜 것을 싫어한다.

"더 이상 쓸데없는 탁상공론이나 찌질한 책략을 쓸 거 없다."

발레리에 대공은 앉아서 느긋하게 기다릴 생각을 버렸다. 상대가 하이어드가 아니라는 것이 드러난 이상, 굳이 상대의 수준에 맞춰 군을 아낄 필요가 없어졌다. 게다가 이렇게까지 짓밟아달라고 도발을 하는데 그냥 앉아만 있는 것도 도리에 어긋난다.

그렇기에 발레리에 대공은 무거운 엉덩이를 자리에서 떼어 냈다.

"진격하라."

드디어 발레리에 대공의 대군(大軍)이 움직이기 시작했다.

37장
전면전

"드디어 본대가 움직이는군."

스칼렛을 타고 공중정찰에 나선 로렌은 발레리에 대공군의
움직임을 보고는 회심의 미소를 지었다.

대공이 헨리 준남작령의 기사단을 움직이려고 지금까지 기
다렸다는 건 로렌도 이미 파악하고 있었다. 그가 날렸던 전서
구를 도중에 족족 쏴 떨어뜨린 게 로렌이니까. 당연히 편지의
내용도 알고 있다.

편지가 없어도 매복한 기사단의 존재 자체는 파악한 상태
고, 혹시나 그 기사단이 움직일 때를 대비해서 에드워드 백작

에게 대응도 부탁해 두었다.

발레리에 대공과의 전면전에는 참가하지 않겠다고 공언한 에드워드 백작이지만, 매복한 기사단은 정체를 숨긴 상태고 명목상으로는 무소속 상태다. 백작은 그 정도는 해주겠다고 약속했다.

그래서 로렌도 속편하게 몸값이니 뭐니 하며 시간을 끌어낼 수 있었던 것이다. 만약 매복된 기사단이 성공적으로 라핀젤 자작군의 배후를 습격한다면 이러고 있을 여유 따윈 없었다.

지금까지는 작전대로 잘 움직이고 있다. 로렌은 입술을 핥았다.

한 번의 전쟁에서 승리하는 법은 간단하다. 발레리에 대공은 아직 로렌에 대해 잘 모른다. 그 빈틈을 찌르면 된다.

대공도 클레멘스 자작과의 전투에서 활약한 로렌과 그 제자들에 대해서는 알고 있을지 모르나, 그 정보는 전부 낡은 정보다. 지금 시점에 이르러선 아무런 의미도 없는 정보였다.

그 낡은 정보를 바탕으로 움직인다면 로렌은 오히려 더욱더 그 빈틈을 찔러 치명적인 피해를 입혀줄 수 있다.

혹시나 발레리에 대공이 로렌과 그의 마법사 부대에 대해 간파하고 있지 않을까 걱정할 필요는 없었다.

하늘에서 바라보았을 때, 대공군은 밀집 대형으로 움직이고 있었다. 이미 이 변경 지역에서 위명을 떨치고 있는 리처드 남작을 지극히 의식한 진형이었으나, 마법사를 상대로 할 때 지극히 취약한 진형이기도 했다.

하지만 이 빈틈을 찌를 수 있는 건 단 한 번이다. 두 번은 없다. 로렌이라는 존재가 공개된 후에는 적어도 이런 식으로 발레리에 대공이 친정(親征)하는 일은 없어질 터였다.

그러니 발레리에 대공을 사로잡거나 죽일 수 있는 것 또한 이번이 마지막 기회라 보아도 상관없었다. 암살이야 할 수 있을지 몰라도, 전쟁에서 꺾어 패장으로 취급할 수 있는 기회는 앞으로 없을 것이다.

그래서 로렌은 여태까지 이렇게 움직인 것이다. 허허실실의 계책을 쓰거나 일부러 도발하는 등, 발레리에 대공의 속을 긁어놓고 분노케 했다.

그래야 공룡이 무거운 몸을 움직일 마음이 들 테니까.

"이 세계에는 공룡 같은 게 없었지, 그러고 보니."

"뭐? 드래곤?"

로렌의 혼잣말에 스칼렛이 반응했다. 로렌은 그녀의 물음에 대꾸하는 대신, 안장 밑의 비늘을 슥슥 문질러 주었다.

"돌아가자, 스칼렛. 지금 당장 봉화를 올려야 해."

기다려 왔던 순간이 찾아왔다. 공룡이 움직인 이상, 이제는 늪으로 인도해 빠뜨리는 게 수순이다. 이 순간을 위해 준비해 왔던 계책들을 쓸 때가 온 것이다.

                    *   *   *

　"적들이 도망치는군요."

　웰시 엘프 마법사 엔살라나가 사랑스러운 목소리로 발레리에 대공에게 속삭였다.

　"그 용맹하다던 리처드 남작도 별거 없군요."

　싸움에 임하면 반드시 적 대장의 머리를 깬다. 이것이 리처드 남작이라는 인물의 기본 전략이었다. 그런 리처드 남작이 등을 돌리고 달아나고 있다.

　발레리에 대공은 다소 위화감을 느꼈다.

　'적이 우리를 끌어들이려 드는 게 아닐까?'

　후퇴해야 한다. 그런 직감이 들었다.

　비논리적인 직감이었다.

　매복이나 함정 따위가 있다 한들 그게 무슨 의미가 있을까. 이 병력 차다. 아군은 압도적으로 유리하다. 조심해야 할 건 리처드 남작 한 명뿐이고, 남작은 아군 정찰병의 시야에 계속 노출된 상태였다.

　더욱이 달아나는 적을 두려워해 진군을 멈춘다면 군의 사기가 떨어질 것이다.

　안 그래도 자작군 진영에서 돌아온 포로 기사들을 전원 처형해 사기가 떨어진 상태다. 더 사기가 떨어진다 한들 패배로 이어지진 않을 터이나, 그런 상황에 직면한다는 것 자체가 대공에겐 불쾌한 일이었다.

"전진하라."

그래서 대공은 직감을 무시했다.

"전진하라! 전진하라!!"

부관이 대공의 명령을 복창했다. 그 복창이 메아리처럼 부대 여기저기에서 울려 퍼졌다. 워낙 부대가 크다 보니 부관 하나만의 목소리로 전군에 전파가 되지 않은 탓에 다른 부관들을 부대 사이사이에 두어 중계하게 했기에 일어나는 현상이었다.

선봉을 향해 파발이 달리는 모습이 멀리 보였다. 후군을 향해서도 파발은 달릴 것이다.

그래, 이 정도의 대군이다. 명령 전파에 파발까지 동원해야 할 정도로 대부대다. 상대가 자작령의 정규군이라 한들 무엇을 할 수 있을까. 아무것도 못 한다. 발레리에 대공은 마음을 편하게 먹고 가마 위에 몸을 뉘였다. 옆에 같이 누운 엔살라나가 간드러지게 웃었다.

리처드 남작은 계속해서 도망치고 있었다. 그 모습이 마치 거대한 파도 앞에 어쩔 줄 모르고 일단 뒤로 도망치고 보는 생쥐 같았다. 그 광경은 대공을 기분 좋게 만들었다.

엘프답지 않게 풍만하고 살집이 부드러운 엔살라나가 손가락 닿는 곳에 있었다. 충동을 참아야 할 이유를 찾을 수가 없었다.

발레리에 대공은 시녀로 하여금 가마 주변의 커튼을 치도록 했다. 시녀는 익숙한 손놀림으로 명령을 수행했다. 이제는 모두에게 익숙해진 일이었다.

*　　　　　*　　　　　*

베르테르와 알베르트, 그리고 샤를로테가 로렌을 힐끔거리고 있었다. 로어 엘프의 모습으로 변한 스승이 낯설게 보이는 모양이었다.

로렌은 지금 로어 엘프 디셈버의 모습으로 마법사대에 합류한 상태였다.

"마법으로 그런 게 가능한 겁니까, 스승님?"

결국 베르테르가 의문을 입에 올렸다. 그거야 물론 불가능하다. 마법으로는 할 수 없는 게 너무 많다. 그렇다고 명률법에 대해 설명하는 것도 귀찮다 보니, 로렌은 그냥 고개만 한 번 저어주고 말았다.

"해야 할 일은 바뀌지 않아. 마법을 준비해라."

로렌이 로어 엘프 모습이라 한들, 그리고 이름을 디셈버라

정했다 한들 직위나 역할까지 바뀌는 건 아니었다. 로렌은 여전히 마법사대의 지휘관이고 여기 있는 모든 마법사의 스승이며 자작령의 실질적인 지배자였다.

"오늘이야말로 로어 엘프 마법사의 명성이 온 나라에 퍼지는 날이 될 거다."

로렌은, 아니, 디셈버는 날카롭게 웃었다.

*　　　　　*　　　　　*

카르네는 대공군의 군영에서 네 번째 서열에 놓인 자였다. 아니, 토르티오 발레리에 케르압이 처형당했으므로 이제 세 번째 서열이다. 그리고 발레리에 대공과 마법사 엔살라나가 가마에 천막을 친 지금은 최고 책임자였다.

부자연스럽게 흔들리는 가마를 바라보며 카르네는 한숨을 내쉬었다.

카르네는 그저 보급관에 지나지 않는다. 이 거대한 군대를 입히고 먹이고 재우는 중대한 업무의 총책임자이기는 하나, 그녀의 임무는 보급이지 전투가 아니다.

'어째서 내게 이런 시련이!'

적은 계속해서 도망치고 있다. 발레리에 대공은 그 적을 쫓아 섬멸하라는 명령을 내리고는 가마에 천막을 쳐버렸다.

문제는 적들이 도망치는 방향이었다.

협곡이었다.

전략 전술에는 별 조예가 없는 카르네라도 저기쯤에 매복이 있을 거라 쉬이 예상할 수 있을 정도로, 적들은 너무 속이 빤히 보이는 곳으로 도망치고 있었다.

진군을 멈춰야 한다.

카르네는 그렇게 소리 지르고 싶었다. 이대로 도망치는 적들을 쫓다간 매복에 걸려 큰 피해를 입을지 모른다.

하지만 발레리에 대공의 명령을 무시하고 독단적으로 그런 지시를 내려도 될까?

아니다. 그 지시를 내려선 안 된다.

카르네는 대공의 성격을 잘 알고 있었다. 설령 카르네의 판단이 맞고, 진군을 멈추라는 지시로 인해 피해를 줄이고 아군을 승리로 이끈다 한들 발레리에 대공은 그녀에게 앙심을 품을 것이다.

단지 자신의 명령을 어기고 독단적인 판단을 했다는 이유만으로 대공은 카르네를 처형하고도 남을 것이다. 물론 그것이 지금 당장은 아니더라도, 이 일이 적당히 잊힐 때쯤 적당한 핑계거리를 따로 붙여서. 결과적으로 카르네는 죽게 될 것이다.

'그냥 차라리.'

카르네는 체념했다.

'너희들도 같이 죽자.'

카르네는 최고 책임자인 자신의 눈치를 보는 기사단장들의 시선을 무시했다.

$*$ $*$ $*$

일이 지나치게 잘 풀렸다. 로렌은 발레리에 대공군이 협곡에 들어서지 않고 멈출 거라고 생각했는데, 저 대군이 수챗구멍에 물 빨려 들어오듯 그냥 진군해 올 줄은 몰랐다.

'지난번엔 발레리에 대공이 리처드 남작에게 왜 죽었는지 궁금했는데, 이렇게 죽었군.'

로렌은 로렌 하트로서의 기억을 되새기며 피식거렸다.

아무리 리처드 남작이 괴물 중의 괴물이라도 기사단장이 10명 넘게 있고 휘하에 기사들도 100명이 넘는데 그걸 어떻게 다 뚫고 발레리에 대공만 골라서 죽일 수 있었을까?

기록으로도 제대로 남아 있지 않아서 후대에도 수수께끼로 여겨졌지만 여기에 유력한 가설이 등장했다.

발레리에 대공이 방심해서.

매복을 몇 번 낭하든, 기습을 당하든 그런 건 상관없이 어쨌든 내가 이긴다. 발레리에 대공은 이렇게라도 생각하고 있는 걸까? 그렇다면 말도 안 되게 오만하고 어리석다.

그 어리석음의 대가를 받아내지 않을 정도로 로렌은 물렁하지는 않다.

"쏴라."

로렌은 명령을 내렸다.

*　　　　*　　　　*

협곡으로 들어오느라 발레리에 대공의 대군은 그 이점을 제대로 살리지 못하게 되었다. 진형을 넓게 펼칠 수 있었던 개지에서와는 달리, 자연히 좁고 긴 진형을 짜게 되었다.

그 말인즉슨, 본래 기사단장으로 이뤄진 두터운 방어진 안에 보호받던 발레리에 대공의 가마가 상대적으로 취약해진다는 소리였다.

'지금 당장 진군을 멈춰야 해.'

발레리에 대공군 제3기사단 기사단장 마르히는 혼자 그렇게 생각했다. 아니, 아마도 그것은 혼자만의 생각은 아닐 터였다. 다른 기사단장들도 지금 대공군 최고책임자인 카르네의 눈치를 보고 있었으니까.

하지만 누구 하나 나서서 카르네에게 진군을 멈추자고 건의하는 자가 없었다.

진군을 명령한 것은 발레리에 대공. 기사 된 입장에서 주군의 명령을 감히 거역할 수는 없었다. 그러니 보급관인 카르네가 명령을 내려줬으면 하는 게 기사단장은 물론 그 휘하 기사들의 공통적인 생각이었다.

하지만 카르네는 나서지 않고 있다.

'멍청한 년! 죽는 건 너 하나가 아니란 말이다!'

마르히는 속이 탔다. 이대로 두면 대공조차 위험해질지도 모른다. 지금이라도 당장 진군을 멈춰야 한다. 상황이 이런 데도 나서지 않다니!

'카르네 년!'

동요하고 있는 건 기사단장 급만은 아니었다. 휘하의 기사들과 그 종자들, 기마병들, 일반 보병에 이르기까지 걸음이 느려지고 있었다. 모두가 다 같이 파멸을 예견하고 있는 데도, 누구 하나 걸음을 멈추지는 못한다.

"아아아!"

천막으로 가려진 대공의 가마에서 지금 막 절정에 이른 듯한 여성의 신음이 흘러나왔다. 엔살라나의 것이리라.

'애초에 다 저년이 대공을 홀린 탓이지! 갈보 년 같으니라고!!'

마르히의 속에서 욕설의 대상이 엔살라나로 옮겨진 시점이었다. 열하나의 불꽃 덩어리가 하늘을 가르고 날아든 것은.

그것은 아름다운 광경이었다. 순간적으로 넋을 잃고, 마르히는 그 광경을 바라보고 말았다.

그 뒤에 이어질 끔찍한 폭발을 예상했더라면, 그걸 아름답다고 느꼈을 리는 없었으리라.

"끄아아아악!!"

그 비명이 자신의 입에서 터져 나왔음을, 마르히는 폭발에 휘말린 후에나 알아챘다.

＊　　　　＊　　　　＊

"저게 마법인가. 놀랍군."

리처드 남작은 순수한 감탄성을 올렸다.

하늘을 가르고 불꽃과 번개가 날아든다. 뒤이은 폭발에 일반 병사는 물론이고 기마병들도 휘말려 죽어나가고, 기사들도 어찌할 바를 모른다. 기사단장들은 지휘하려 애쓰지만 좀처럼 마음대로 되지 않는다.

저들도 기습을 예측하고 각오했을 터인데, 대응은 엉망진창이었다. 저것이 저들의 실력이 부족해서가 아님을 리처드 남작은 안다. 오히려 저 정도의 피해를 입고도 뭘 해보려고 애쓰는 것이 기특하게 여겨졌다.

"그러니까 이제 우리가 나설 차례다."

바투르크가 말했다. 아직 완전히 흐트러지지는 않은 적의 대군을 휘몰아쳐 진정한 혼돈 속으로 밀어 넣어야 할 차례다. 이것이 원래 그들의 역할이었다.

"기사단장한테는 높임말을 써라, 오크야."

리처드 남작이 짐짓 화난 듯 지적했다. 그런 그의 말에 아주 잠깐 움찔하긴 했지만, 바투르크는 곧 아무렇지도 않은 듯 당당히 대꾸했다.

"오크 말투가 원래 이렇다. 모르나?"

"알아도 네가 고치라고. 몇 번을 쳐 맞아야 고칠 거야?"

바투르크는 다시 한 번 움찔했다.

적진을 향해 또 한 번의 마법이 날아든 것은 그때였다. 쿠콰광! 화려한 폭발과 불길이 적진을 지옥도로 만들고 있었다.

"바로 돌진했다가는 큰일 날 뻔했군? 잠깐만 더 기다렸다가 갈까?"

리처드 남작의 이야기에 바투르크는 단호하게 고개를 저었다.

"아니다. 우리는 마법이 발사된 직후 돌격하기로 명령받았다."

"뭐? 임시라곤 하지만 지금은 내가 너희 기사단장인데 누구 명령을 받아?"

"로… 라핀젤 자작님이다."

"너 지금 로렌 이야기 하려고 했지?"

"그런 게 중요한 게 아니다. 지금 당장……."

바투르크의 말을 끊은 것은 마법이 날아드는 소리였다. 이어지는 폭발, 죽어나가는 병사들, 기사들, 기사단장급조차 너덜너덜해져 넋을 놓았다.

그 광경을 지켜보던 리처드 남작이 다급하게 일어섰다.

"이러다가 마법사들에게 공을 다 빼앗기고 말겠어!"

"또 마법이 날아들면 어떻게 하나?"

갑자기 서로의 의견이 바뀐 것에 대해서는 둘 모두 신경 쓰지 않았다. 바투르크의 의문에 리처드 남작은 시원스레 대꾸했다.

"맞고서 버티지, 뭐!"

"맞… 뭐?"

"돌격하라!"

리처드 남작이 가장 먼저 튀어 나갔다. 바투르크도 당황하다 바로 남작의 뒤를 쫓았고, 구유카르크 3형제가 이어서 돌격했다. 휘하의 기사대는 다소 반응이 늦었지만, 큰 문제는 없었다. 이미 리처드 남작이 혼자서 적 선봉을 짓이겨놓고 있었으니까.

*　　　　*　　　　*

제자들의 성장은 괄목할 만한 것이었다.

로렌은 한동안 제자들을 대학에 던져 넣고 마법에 대한 가르침은 중지한 상태였다. 절대적인 마력의 양이 지나치게 부족해 벽에 부딪혔기 때문이다.

이들의 육체적 성장이 지나치게 느린 탓도 있었다. 엘프의 성장이 느린 건 로렌도 로렌 하트 시절에 겪어봐서 알고 있었지만, 로렌 본인이 급격하게 성장한 터라 차이가 더 크게 느껴졌다. 이들은 아직 이중 마법 서킷에조차 도달하지 못했다.

즉시 시전이나 강화 주문, 반대 주문 등의 응용기를 가르치는 것도 한계가 있었다. 결국 절대적인 마력의 총량을 늘리고 육체의 성장을 기다리는 것이 정답이었다.

이 모든 사항을 제자들에게 밝힌 후 새로 설립된 대학에 그들을 입학시키고 불과 2달밖에 지나지 않았다.

그런데…….

"연쇄 화염 폭발, 적중!"

"네 발째! 가능합니다!!"

화염 폭발 한 번 쏘고 허덕거리던 때가 언제였던가. 이제는 그때가 생각나지 않을 정도다. 대학에서 공부를 어찌나 열심히 한 건지, 마력의 총량을 4배 이상으로 늘리고 왔다. 그것도 단 한 명의 낙오자도 없이.

"네 발째는 아껴둬라. 이미 목표치를 초과했다."

로렌은 흐뭇하게 말했다. 적 경기병이 마법사 부대를 요격하기 위해 달려오고 있었다. 이제는 자리를 옮길 때가 되었다.

비록 그 경기병이 아군 장궁병에 의해 요격당하고 있다 한들, 눈먼 화살 한 대가 어떻게 날아올지 모르는 일이니까.

*   *   *

제자들은 후방으로 보낸 후, 로렌은 반대 방향으로 질주하기 시작했다. 반대 방향이란 곧 적진 쪽이었다.

그레고리 남작령에 속해서 싸울 때와 달리 지금은 제자들이 엽병대의 보호를 받고 있는 것이 아니었다. 알베르트를 제외하면 다른 제자들은 신체 능력만 따질 때 일반인에 가깝다. 그런 제자들이 그렇게 신속하게 퇴각할 수는 없었다.

더군다나 이쪽을 향해 오는 경기병들의 기세가 만만치 않았다. 마법사들을 최대한 빨리 정리하려 드는 적 수뇌부의 집념이 느껴지는 공세였다.

벌써 장궁병의 최대 사거리보다 안쪽으로 접근해 활을 쏘는 적들이 나왔다. 일이 이렇게 되면 아군 장궁병들도 적들의 사격에 노출되어 일방적인 공격이 불가능해진다.

상황이 바뀌어 이제는 장궁병들도 적의 사격을 피해 은엄폐를 해야 한다. 장궁병들에게서 기대할 수 있는 저지력이 크게 떨어지게 된다는 뜻이었다.

"그러니 시간은 내가 벌어줘야지."

로렌은 탈란델에게서 받은 비검을 칼집에서 꺼내 들었다. 두 자루는 칼집의 잠금장치를 풀어놓고, 두 자루는 손에 들었다. 마침 시야에 들어온 적 경기병이 보였다. 로렌은 가차 없이 라부아지에 비검술을 사용했다. 한 자루의 비검이 허공을 갈랐다.

퍽!

"억!"

비검에 격중당한 경기병은 그대로 말에서 떨어져 지면을 나뒹굴었다. 그 경기병을 그대로 뛰어넘으며 로렌을 노리고 활시위를 당긴 다른 경기병의 모습이 보였다. 그러나 그 경기병은 의도한 것을 이룰 수 없었다.

쾅!

히히히힝!

이제는 시체가 된 경기병에게 꽂혀 있던 비검이 폭발했기 때문이다. 비검술이 아닌, 비검에 새겨진 각인이 힘을 발휘한 탓에 일어난 일이었다. 말까지 허공에 날려 버리는 각인의 위력에, 로렌을 노리던 경기병은 이를 꽉 물고 활을 놓고 말에서 뛰어내렸다.

"훈련이 잘됐군."

로렌은 감탄하며 그에게 다음 비검을 날려주었다. 아무리 군침이 도는 부대라 한들 용병도 아닌 정규군을 회유하고 있을 새는 없었다. 그래서 죽였다.

조금 전 폭발을 일으켰던 비검을 회수하면서, 로렌은 남은 두 자루의 비검도 휙휙 날려 적들을 퍽퍽 꿰뚫어 죽였다. 비검에 의해 죽은 자들을 뛰어넘으려 시도하는 적들은 여지없이 각인의 폭발에 휘말리니, 결국 경기병들은 더 이상 접근하지 못했다.

"네 이놈!"

경기병들의 지휘관으로 보이는 기사가 격노하여 로렌에게 직접 달려들었다. 아직 이심의 경지에는 달하지 못한 듯, 노호성에 비해 공력은 그리 커 보이지 않았다.

'하긴 경지에 올랐으면 기사단장을 하고 있겠지.'

로렌은 쯧쯧 혀를 차며 기사에게는 특별히 두 자루의 비검을 날려주었다. 기사는 비검의 궤도를 읽은 듯 쳐내려고 창을 휘둘렀지만 날아간 비검들은 그를 놀리기라도 휘어진 궤도로 창을 피했다. 라부아지에류 비검술을 응용하면 쉬이 해낼 수 있는 곡예였다.

"너……!"

투구로 가려진 기사의 얼굴이 경악으로 일그러지는 것이 로렌에게는 보였다. 방해받지 않고 날아든 비검은 기사의 철갑을 뚫고 피부와 근육을 파헤쳐 심장에 이르고 말았다. 그럼에도 공력의 힘으로 움직이려는 기사의 목줄기에 또 다른 비검이 파고들었다.

"역시 기사는 쉽게 죽지 않는군."

쾅!

폭발이 일어났다. 기사는 그 자리에서 폭사해 죽었다. 공력으로 버티는 것도 한계가 있지, 심장이 폭발하고 목이 날아갔는데도 움직일 수야 없다.

'리처드 남작이라면 모를까.'

그 사람이라면 정말 저런 상황에서도 움직일지도 모른다고 생각하며, 로렌은 약간 몸을 떨었다. 그 광경을 상상해 봤더니 꽤나 끔찍했기 때문이었다.

적 경기병들은 이제 완전히 멈췄다. 모두들 두려움에 사로잡힌 표정이다. 그야 그들의 눈으로 볼 때 지휘관인 기사는 초인(超人) 그 자체다. 그 초인이 로렌이 손을 한 번 휘저은 것만으로 죽어버렸으니, 과연 그들의 눈에 로렌은 어떻게 보일까.

"으, 으아아아아악!"

결국 경기병들은 본능을 이기지 못하고 도주하기 시작했다. 그 광경을 보며 로렌은 혀를 쯧쯧 찼다.

"흠, 훈련이 잘됐다는 발언은 취소해야겠군."

일반 병사들에게 자신이 어떻게 보일지는 전혀 고려하지 않은 로렌의 폭언이었다.

　도망치는 경기병들을 깊이 쫓을 필요는 없었다. 어차피 그
들의 본대는 리처드 남작에 의해 유린당하고 있을 테니까. 제
자들을 보호한다는 목적은 달성되었으니, 로렌은 미련 없이
몸을 돌렸다.

＊　　　　＊　　　　＊

　발레리에 대공은 멀리서 들린 폭음에 행위를 잠시 멈추었
다.

　축축해진 것을 비단으로 닦아낸 후, 옷매무새를 정리한 발
레리에 대공은 가마를 가리고 있던 커튼을 열었다. 웰시 엘프
특유의 새하얀 피부가 태양 아래 드러났고, 엔살라나는 익숙
하게 몸을 가렸다. 좀 놀라고 당황하는 맛이 있었을 때가 더
귀여웠는데, 라고 대공은 생각했다.

　"무슨 일이냐."

　"적의 습격입니다."

　보급관 카르네는 아침 식사 메뉴를 알리듯, 평안한 목소리
로 말했다. 그러나 대공은 그녀의 목소리에 감춰진 미세한 떨
림을 감지했다.

　"짓밟아라."

하지만 무시했다.

"알겠습니다."

카르네도 굳이 다른 말을 얹지 않았다.

다시 가마에 커튼을 치려는 대공을 막은 것은 의외의 인물이었다.

"발레리에 대공! 머리통 내놔라!!"

저 멀리서 누군가의 외침이 들렸다. 대공은 그게 누구의 목소리인지 몰랐다. 하지만 철갑으로 몸을 두른 기사들이 그 목소리의 주인공을 막아내지 못하고 있었다. 아니, 막기는커녕 폭풍에 휩쓸린 썩은 나무토막처럼 저만치씩 나가떨어지고 있었다.

"어디서 감히!"

목소리의 광오함에 격노한 기사단장 하나가 창을 세우고 달려 나갔다. 몇 순간 후, 그 기사단장의 머리가 산 채로 뽑혀 허공으로 치솟는 걸 발레리에 대공도 목격했다.

"뭐야, 저건?"

"적입니다, 대공 전하."

대공의 물음에 카르네가 동요를 미처 숨기지 못하고 떨리는 목소리로 말했다.

"리처드 남작입니다."

"흐음, 저게 그건가."

발레리에 대공은 턱수염을 매만졌다. 리처드 남작을 육안으로 보는 것은 대공도 이번이 처음이었다. 콜로세움의 검투사라도 구경하는 것 같은 눈초리로 리처드 남작의 활약상을 감상하던 대공은 무슨 생각인지 문득 자신의 가마를 들고 나르던 하인들에게 명했다.

"가마를 멈춰라."

가마는 대답 없이 멈췄다. 하인들의 목소리로 대공의 귀를 더럽히지 않기 위한 조처였다. 가마가 멈추자, 대공은 가마 위에 앉은 엔살라나를 돌아보았다.

"엔살라나, 마법사 부대를 출진시켜라."

"말씀대로 행하겠나이다, 전하."

엔살라나는 헐벗은 몸으로 자신의 주군을 향해 예를 취했다. 그 바람에 몸을 가리던 천이 떨어져 하얀 나신이 드러났지만, 크게 신경 쓸 필요는 없었다. 발레리에 대공 외에 그 광경을 볼 수 있는 이는 어차피 없었으므로.

*　　　　*　　　　*

일반적인 마법사가 기사보다 우위에 놓이는 점이라면 역시 더 긴 유효사거리를 지녔다는 점을 들 수 있을 것이다.

기사도 활을 쓰면 마법사만큼의 유효사거리를 확보할 수는 있겠으나, 화살에다 공력을 싣는 건 말도 안 될 정도로 비효율적이다. 괜히 비검술이라는 특이한 투척술을 익히는 기사도 유파가 생긴 것이 아니다.

그저 유효사거리만이 장점이라면 마법사 대신 궁병을 쓰고 말겠지만, 일반적인 궁병은 기사에게 제대로 된 피해를 줄 수 없다. 그에 비해 마법사는 화염 폭발이라는 특별한 공격 방식을 사용할 수 있다. 비록 사용하기까지 시간이 오래 걸리는 단점은 있지만, 위력 면에 있어서 기사의 화살과는 비견조차 되지 않는다.

유효사거리가 길다는 점은 여러 마법사가 하나의 목표를 동시에 노리기 좋다는 장점으로도 이어진다. 여러 기사가 기사단장 단 한 명을 이기기는 힘들지만, 여러 마법사가 기사단장 하나를 동시에 타격하면 훨씬 승리할 가능성이 높다는 이야기다.

물론 이러한 일반론은 엔살라나를 비롯한 '일반적인 마법사'에 해당하는 이야기다. 로렌 같은 경우는 논외에 속한다.

어쨌든 발레리에 대공이 리처드 남작을 상대하라고 마법사 부대를 출진시킨 건 이런 마법사라는 병종의 특성에 근거하고 있었다.

"발사해라!"

쾅!

문제는 리처드 남작도 보통 기사가 아니라는 점이었다.

화염 폭발이라는 주문은 불꽃 덩어리를 목표에게 던져서 폭발시키는 공격 방식을 지니고 있다. 불꽃 덩어리를 직접 맞추지 않아도, 목표 주변의 지면에 맞춰서 폭발을 일으켜 피해를 줄 수도 있고.

그런데 리처드 남작은 무슨 마술을 부린 건지, 마법사들이 화염 폭발을 발사하는 족족 휙휙 피해 버리고 있었다.

사람을 위에 태우지 않은 말도 저건 못 피하겠다 싶은 공격도 너무나 손쉽게 회피했다. 철갑을 몸에 두른 거한인 리처드 남작을 등에 얹은 채 말이다! 이게 다 리처드 남작의 방대한 공력이 그의 말에게 흘러들어 가고 있기에 벌일 수 있는 곡예였다.

"저, 저게 뭐야!"

하지만 그 사실을 알 리 없는 엔살라나는 입마저 쩍 벌린 채 리처드 남작의 곡예를 바라보았다.

"쏴라, 쏴! 접근을 허용하지 마라!"

다급해진 엔살라나는 마법사들에게 그렇게 명령을 내렸다. 마법사들은 온 힘을 다 쏟아 화염 폭발을 계속해서 쏟아내었다.

하지만 보통 일반적인 마법사들은 화염 폭발을 난사하지는 못한다. 마법 서킷이 과열되어 버리기 때문이다. 그래서 초반에 급하게 쏟아내었던 마법사들의 화력은 실시간으로 급격하게 떨어져 가고 있었다.

"흠!"

리처드 남작은 화염 폭발의 탄막이 옅어진 틈을 타 어느새 접근해선 한 마법사의 머리통을 박살 내주었다. 빠악!

"히이익!"

가장 먼저 놀라 도망친 건 엔살라나였다. 먼저 도망치고 나서야 뒤늦게 생각난 듯, 엔살라나는 서둘러 외쳤다.

"후퇴! 후퇴하라! 마법사는 후퇴하고 기사는 저자를 막아!!"

엔살라나는 이 대군의 2순위 명령권자였고, 기사들이라도 엔살라나의 명령은 들어야 했다. 아무리 아니꼬워도, 그것이 그들의 주군이 내린 명이니 할 수 없이 기사들은 리처드 남작의 앞을 막아섰다.

죽을 줄 알면서도.

이 얼마나 숭고한 일인가.

"나는 기사들의 이러한 충성심을 볼 때마다 가슴이 떨려. 넌 안 그러냐? 바투르크!"

빠악!

"그 충성심을 발휘하는 기사들의 머리를 빠개면서 그런 말 하지 말아줬으면 한다."

"무슨 소리야, 적이잖아? 빠개야지. 머리 내놔라!"

리처드 남작 앞을 막아선 기사들은 그의 그런 잡담을 들으면서 속이 까맣게 타들어가는 것 같을 터였다. 목숨을 다 바쳐 지키는 것이 주군의 첩이고, 그마저도 할 수 있는 게 고깃덩이로 만들어진 벽을 치는 것 정도였으니.

"으아아아! 리처드 남작!!"

"그래, 그것이 내 이름이다."

점점 악에 받쳐 달려드는 기사들을 무정한 일격으로 정리하며 리처드 남작은 점점 전진하고 있었다.

기사들의 목숨을 이렇게 소모적으로 내던지고 있는 발레리에 대공을 향하여!

*   *   *

사실 군주의 친정(親征)은 이득도 많지만 위험성도 높다. 백 가지 이득이 있다 한들, 군주 본인이 잡혀 버리면 모든 게 끝난다는 치명적인 위험성을 무시할 수는 없었다.

그럼에도 불구하고 발레리에 대공은 자주 친정을 나갔다. 그건 어떤 위기가 닥친다 한들 극복할 자신감이 있기 때문이다.

"가마 뒤로 빼라. 후방으로 가자."

발레리에 대공은 하인들에게 슬며시 명령했다.

이것이 그 자신감의 근거였다.

대공은 친정을 나올 때마다 어마어마한 대군을 이끌고 다닌다. 그 어떤 강대한 적인들, 이 대군을 뚫고 대공을 노리기는 힘들다. 분위기가 조금 안 좋아지면 대공 본인만 좀 뒤로 빠지면 그만이다.

작은 패배 몇 번은 할 수도 있겠으나, 대공만 살아 있다면 큰 문제는 안 된다. 어마어마한 자원 산출을 자랑하는 대공령과 그 산출을 금으로 바꿔줄 브뤼델이 대공의 영향력 아래에 있으니까.

오늘 실패하면 내일 다시 오면 그만이다. 그것이 대공의 기본적인 대전략이었다.

그 대전략의 기본은 대공 본인이 살아남는 것이었고, 그렇기에 대공은 가마를 뒤로 빼고는 은근슬쩍 가마에서 내려 빠른 말로 갈아탔다.

어차피 후방 지역은 대공군이 다 장악했을 터였다. 적어도 대공 본인은 후퇴하는 데 아무런 위험 부담을 안을 일이 없었다.

"난 후방 본진으로 돌아가 있겠다. 해결하고 오도록."

대공은 친위대 몇 명의 호위를 받으며 느긋하게 뒤로 빠졌다. 친위대 전원이 기사단장급의 실력자이지만, 그들은 거느리는 기사도, 종자도, 기마병도 없다. 오로지 대공을 지키기만을 위해 그 무력을 휘두르는 대공령 최고의 무재(武才)들이다.

발레리에 대공 본인이 도망치면서도 조금의 긴장감도 없는
건 바로 그런 이유였다.

*　　　　　*　　　　　*

로렌은 본인은 전투에 참가하고, 봉화를 올리는 것 자체는
다른 병사를 시켰다. 정작 지시에 따라 봉화를 올리던 병사는
그 의미를 몰랐다. 하지만 이제는 알 것이다.

자신이 올린 봉화가 하늘을 가르고 등장한 저 방주를 불러
들였음을!

"탈란델!"

명률법으로 모습을 숨긴 스칼렛을 타고 하늘을 날아온 로
렌은 방주 위에 올라섰다.

"로렌! 어떻게 날아온 거야?"

금강의 격을 통해 공력의 팔까지 꺼내 들어 정신없이 방주
를 제어하던 드워프 탈란델은 로렌이 갑자기 나타나자 놀라
그렇게 외쳤다.

"그게 중요한 게 아니잖아?"

"마법인가? 마법이로군! 이런 제기랄! 어쨌든 잘 왔네! 손이
부족해!!"

탈란델은 마법이라는 수단을 반가워한 자신에게 자괴감을 느끼는 듯했지만 그보다도 도움이 절실했던지 바로 로렌에게 도움을 요청했다.

"손이 네 개인데도 부족한가?"

"백 개라도 부족할 판이야! 얼른 도와! 거기 아가씨도!!"

그냥 멍하니 서 있던 스칼렛은 탈란델이 자신을 부르자 잠깐 놀라 멈칫거렸다. 하지만 곧 분노에 차 외쳤다.

"…스칼렛!"

"그래, 스칼렛! 각인의 힘이 필요 없는 부분을 좀 도와주도록 해."

"그게 어딘데!"

탈란델은 스칼렛에게 삽을 쥐여 주었다. 각인이 새겨진 주석 판을 삽으로 퍼 연료통 안으로 집어넣는 단순노동이었다.

여자한테 시키기에는 다소 가혹한 육체노동이었으나 탈란델은 남녀 구분을 안 하는 종족인 드워프답게 아무런 거리낌이 없었다. 그리고 스칼렛은 말 그대로의 의미로 인간이 아니었다. 그녀는 곧장 삽을 받아 들고 연료통에 주석 판을 퍼 넣기 시작했다.

"이럴 줄 알았으면 병사들을 좀 데리고 올 걸 그랬나."

방주의 위에 지각령의 심벌이 새겨진 커다란 깃발을 내걸던 로렌은 그렇게 중얼거렸으나 탈란델은 손을 내저었다.

"이미 늦었어!"

"그건 그렇군."

어차피 병사들을 스칼렛에 태우고 날아올 수도 없는 노릇이다. 로렌은 후회를 재빨리 끊어 없애고 아래를 바라보았다.

하늘에서 보기에 대공의 대군은 그저 개미 떼처럼밖에 보이지 않았다. 하지만 로렌은 어디가 누구 편인지 곧장 알아차릴 수 있었다.

점처럼 보이지만 저 점이 리처드 남작이라고 확신할 수 있을 만한 근거가 있었다. 리처드 남작이 어쩌나 적들을 위협적으로 밀어붙이는지! 그 상황은 상공에서 더욱 잘 보였다.

마법사들이 그를 향해 마법을 연이어 쏘아 보내는 것이 여기서도 보였다. 그리고 그 마법들을 쉽게 피해내고 역습을 가하는 것도.

'리처드 남작 때문에 마법사의 가치가 내려가겠는데?'

그렇게 생각한 것도 잠시, 대공군 측의 마법사들이 뒤로 빠지면서 핵심부에도 이상이 생겼다. 로렌은 미간을 찌푸려 가며 상황을 파악하려 애썼다.

저기 혼자서 도망치고 있는 것이 발레리에 대공일 터였다. 정확히는 그의 주변을 호위가 둘러싸고 있었으나, 그런 게 중요하지는 않다.

"저놈들을 포격하면 되겠어!"

로렌은 급히 외쳤다. 그러자 각인의 힘으로 만들어낸 팔로 이것저것 조작하고 있던 탈란델이 방향타를 잔뜩 돌리며 외쳤다.

"자네가 직접 하게!"

정면으로 날아가던 방주의 방향이 틀어지며 방주의 옆면에 놓였던 포신의 방향이 목표를 향했다. 딱 쏘기 좋은 상태다.

"그러지!"

애초에 포탄의 설계도를 그린 것이 로렌이다. 그는 탈란델에게 설명을 요구하지도 않고 곧바로 포대를 향해 가 섰다.

"주포 발사 준비! …완료! 쏜다!"

"쏴!"

"발사!"

로렌은 다섯 개의 포대에 동시에 공력, 즉 각인의 힘을 전달했다. 폭발의 각인! 폭음이 귀를 먹먹하게 했고, 포신이 불을 뿜었다. 포탄은 정확히 적들을 향해 날아가고 있었다.

비록 포탄에 화약은 들어 있지 않지만, 탄부 내부의 각인이 파손되는 순간 각인의 힘이 반응해 폭발을 일으키도록 가공했다. 이 높이에선 지면으로 떨어지는 것만으로도 폭발을 일으킬 수 있을 터였다.

쿠구구궁!

아니나 다를까, 불발탄 하나 없이 모두 제대로 폭발을 일으

컸다.

"초보 포병치고 이 정도면 재능이 있는 거지?"

그렇게 자화자찬을 한 로렌은 하는 김에 세 개의 마법 서킷 모두에 마력을 잔뜩 밀어 넣고 화염 폭발 주문도 완성시켜 연이어 던졌다. 다섯의 불꽃 덩어리가 적들을 향했다.

화려한 폭발이 지면을 수놓았다. 여기서 볼 때야 아름답지만, 퇴로가 막힌 발레리에 대공의 입장에선 참 끔찍한 폭발로 보일 것이다.

로렌이 그러고 있는 사이, 다섯 포대의 포신이 옆으로 황동색의 탄피를 뱉어내고 재장전을 마쳤다. 로렌은 휘파람을 불었다.

"기술 수준을 몇 단계 건너뛴 느낌이로군."

이 방주의 포로 포격을 해보는 것은 로렌도 로렌 하트 시절을 포함해서 처음이었다. 포신에 새겨진 각인에 포탄의 재장전 기능이 들어 있다는 것을 이론상으로는 알고 있었지만, 실제로 되는 걸 보니 감회가 남달랐다.

이걸 실전에서 쓰고 있는 입장에선 더욱 그랬다.

"발사!"

재장전이 된 포를 놀려두기도 그렇다. 로렌은 곧장 다음 포격을 실행했다. 하늘에서부터 날아온 포탄이 자기들 머리 위로 떨어진다! 아마도 처음으로 겪는 일일 테고, 실로 두려운 일일 터다. 적들이 패닉에 빠져 우왕좌왕 도망치는 모습이 여기서도 잘 보였다.

"아, 하나 껐다! 로렌, 저거 긴급 조치 해!"

"……."

그 와중에도 다섯 포신 중 하나에 탄피가 걸려 재장전이 제대로 되지 않았다. 탄피를 빼내고 수동으로 재장전을 시킨 후, 로렌은 다시 한 번 힘차게 외쳤다.

"발사!"

*   *   *

리처드 남작은 뒤를 흘깃 바라보더니 벼락처럼 외쳤다.

"잘 따라오고 있지? 바투르크!"

"나 말고 댁을 따라갈 수 있는 기사가 없을 거다!"

바투르크의 대답을 들은 리처드 남작은 크크큿, 하고 낮게 웃었다. 바투르크의 말이 정말이었기 때문이다. 적어도 리처드가 알고 있는 범주 내에서 이렇게까지 튼실하게 자신의 뒤를 받쳐줄 수 있는 기사는 오직 바투르크뿐이었다.

"아주 대놓고 반말을 하는군! 됐으니까 내 등이나 잘 지켜라!"

리처드 남작은 고개를 획 돌려 정면을 바라보았다. 적이 보였다. 전투용 망치를 휘둘러 머리를 깨놓았다. 그의 망치는 하나뿐이다. 반대편에서도 적이 달려오고 있었다. 그 적은 목이 꿰뚫려 죽었다. 바투르크의 짓이었다.

'정말 탐나는군!'

만약 바투르크가 이상하게 자신을 꺼리지만 않았더라면, 리처드 남작은 진작 바투르크를 불러들였을 것이다. 오크 기사는 등용하지 말라? 그런 발레리에 대공의 지시 따위 애초부터 들어먹을 생각도 없었다.

'이번 전쟁이 끝나고 나면 진지하게 스카웃을 해볼까.'

생각이야 해봤지만, 리처드 남작은 곧 그 생각을 접을 수밖에 없었다. 바투르크가 얼마나 충성심이 깊은 기사인지 그도 잘 알고 있었다. 회유 따위 통하지도 않으리라.

어쨌든 로렌이 바투르크를 등용한 덕에 이렇게 자신의 등 뒤를 지키게 만들 수 있게 되었으니, 운명이란 참 얄궂다고 리처드 남작은 생각했다.

'고마운 일이지.'

애초에 이렇게 리처드 남작이 기사들이 병사처럼 그득그득 들어찬 이 전장을 마음껏 헤집고 다닐 수 있는 것 자체가 바투르크의 뒷받침 덕이었다. 만약 바투르크가 없었더라면 이렇게 날뛰기 위해 팔다리에 창칼이 수십 개쯤 꽂히는 건 감수해야 됐으리라.

반대로 만약 발레리에 대공이 바투르크를 휘하의 기사단장으로 두었더라면, 마찬가지로 리처드 남작이 이렇게까지 날뛸 수는 없었으리라.

'멍청한 발레리에!'

그렇기에 리처드 남작은 발레리에 대공을 비웃었다. 본래 바투르크가 발레리에 대공의 기사였다는 걸 아는 입장에서 리처드 남작은 대공을 비웃지 않을 도리가 없었다.

"옛 주인이라고 대공의 머리를 쪼개는 걸 방해하지는 않겠지? 바투르크!"

"농담은 전쟁이 끝나고서나 한다!"

바투르크의 그 대꾸를 듣고 리처드 남작은 웃음을 터뜨렸다. 확실히 진지하게 할 말이 아니었다. 말하고 보니 농담이었다. 그런 생각에 유쾌해지고 말았다.

"그래, 농담은 끝나고 하자고!"

리처드 남작은 한 호흡에 전투용 망치를 세 번 휘둘러 기사 세 명을 순차적으로 머리 없는 시체로 만들어 버리며 껄껄 웃었다.

정작 바투르크는 그가 웃음을 터뜨린 이유를 모른 채 어리둥절해했다.

다음 순간.

적의 후방에서 연속적으로 엄청난 폭발이 일어났다.

"뭐야?"

리처드 남작조차 놀라서 돌진을 멈췄다.

"저, 저기!"

바투르크의 목소리도 떨리고 있었다. 오크 기사단장의 손가락은 허공을 가리키고 있었다.

"하늘을 나는 배다!"

"발레리에 대공은 저런 것까지……."

뒤에서 구유카르크와 그 형제들이 동요한 목소리로 나누는 대화가 들렸다. 그러나 리처드 남작은 입술 끝을 한껏 올렸다.

"아니다, 이 멍청한 오크들아!"

이번에는 리처드 남작이 허공을 가리킬 차례였다.

"저기 펄럭이는 깃발을 봐라! 저건 우리 편이야!!"

"뭐? 그게 무슨… 정말이다!"

남작보다 조금 늦게 깃발을 발견한 바투르크가 그렇게 말을 끝내기도 전에, 다음 포격이 하늘을 나는 배에서 쏟아져 나와 대공의 후방을 무자비하게 유린했다.

"저게 뭔지, 저런 게 왜 우리 깃발을 펄럭이고 있는지 모르겠지만 뭐 그런 게 중요할까?"

리처드 남작은 자신의 사고를 간략화시켰다.

"이 전쟁, 우리가 이겼다! 이놈들아, 가자!!"

공력을 담은 목소리로 리처드 남작은 그렇게 선언했다. 그 뒤를 따르던 오크 기사들은 물론이고, 그 휘하의 기마병들,

그 뒤를 따르던 용병, 징집병을 비롯한 모든 병사가 리처드 남작의 목소리를 들었다.

"오오오오오!"

누가 먼저랄 것 없이 함성을 지르며, 라핀젤 자작령의 모든 군세가 진격을 시작했다.

*　　　　　*　　　　　*

분명 발레리에 대공군이 여전히 숫자나 병력 면에서는 우위였다. 하지만 상황은 발레리에 대공 측에게 불리하게 흘러가고 있었다.

일단 지형이 좋지 않아 우위에 놓인 병력을 어디 한군데로 집중할 수 없었고, 자작령 측 마법사들에 의한 선제공격을 허용해 예봉이 꺾인 데다, 리처드 남작이라는 걸출한 기사의 존재가 전장을 엉망진창으로 휘저어놓고 있었다.

이러한 약점들은 사실 후방으로 물러나 대공군 측에게 상대적으로 유리한 평원에 진을 다시 치는 것으로 메울 수 있었다.

이미 기사단장 몇이 마법사와 리처드 남작에 의해 살해당했다 한들 상관없었다. 빌레리에 대공군의 진정한 힘은 숫자에서 나오고, 대공은 후방을 든든히 하는 편이었으므로. 단순한 전력의 차를 따지자면 여전히 발레리에 대공군이 우위에 놓여 있었다.

그런데 발레리에 대공군의 후방이 하늘을 날아다니는 이상한 배에서 떨어진 폭격으로 인해 엉망진창이 되어버렸다.

배가 하늘을 날아다니는 것만 해도 이상한데, 그 배에서 뭔가 마법 같기도 하고 아닌 것 같기도 한 이상한 공격이 날아들고, 그 공격이 아군에게 굉장히 큰 피해를 입히고 있었다. 마지막으로 그 이상한 배에 자작령의 깃발이 휘날리고 있었다.

그 시점에서 대공군의 사기는 엄청나게 저하되었다.

하늘을 떠다니는 탓에 반격이 불가능하고, 적은 일방적으로 공격을 퍼붓고 있다. 그로 인해 퇴로가 끊겼고, 대공군의 본대는 아직도 협곡 안에 갇혀 있다. 실질적으로 포위당한 것이나 다름없는 상황이 되고 만 것이다.

그 와중에 전방은 리처드 남작을 선두로 한 라핀젤 자작군에 의해 실시간으로 분쇄당하고 있었다.

"설마… 설마……!"

패배.

그 두 글자가 설령 머릿속에 떠올랐더라도, 입으로는 뱉으면 안 되는 단어였다. 더욱이 기사들을 이끄는 지도자인 기사단장의 입에서는 절대로 나와서는 안 될 말이었다.

그렇기에 대공군 제3기사단 단장 마르히는 적의 마법으로

인해 전신 화상을 입는 큰 상처를 입고 후방으로 물러나면서
도, 자신의 뇌리를 스친 그 단어를 입에 올리지 않기 위해 무
진 애를 썼다.

그러나 마르히는 한 가지를 간과하고 있었다.

"포위당했어! 악마가 온다! 저기 악마가 오고 있어!!"

"으아아아! 안 돼! 다 죽는다! 다 죽을 거야!"

자신이 생각한 건 병사들도 생각할 수 있고, 그리고 병사들
은 마르히와는 달리 지휘관으로서의 책임감이나 대공에 대한
충성심을 크게 짊어지고 있지 않음을. 또한 리처드 남작은 상
대하는 입장에서는 같은 인간이라고는 느껴지지 않을 정도로
초월적인 괴물임을.

"닥쳐라! 이놈들아! 닥쳐라!!"

마르히는 급히 외쳤다. 이대로 사기가 떨어지는 것을 방치
하고 있을 수만은 없었다. 그러나 그 목소리에는 어쩔 수 없
는 동요가 섞여 있었고, 그래서 평시와 같은 지도력을 발휘하
기가 힘들었다.

무엇보다도.

정말로 포탄이 자신들을 노리고 날아오는 이런 상황에서는
마르히조차도 평정심을 유지할 수가 없었다.

쾅!

거기서부터의 전투는 일방적인 것일 수밖에 없었다. 발레리에 대공군은 불 앞에 놓인 버터처럼 녹아내리기 시작했다. 라핀젤 자작군이 바로 그 버터를 녹이는 불이었다.

그렇게 충성심이 높다던 발레리에 대공의 군대가 도망치고 있었다. 자기 목숨 하나 간수하자고, 사방으로 흩어져서.

발레리에 대공은 참담한 심정으로 그 광경을 바라보았다.

진짜 충성스러운 이들은 다 죽어나가고 없었다. 아무리 강력한 기사단장이라도 리처드 남작을 이길 수는 없었고, 그렇기에 한꺼번에 덤벼들었지만 남작의 옆을 오크 기사들이 받치고 있었기에 치명상을 입히는 데 실패하고 말았다. 그 실패의 대가는 죽음뿐이었다.

여기서 마법사의 존재를 논하는 건 어리석은 일이었다. 마법사 부대의 지휘관이자 대공군 서열 2위인 여마법사 엔살라나가 도망치라고 명령한 시점에서 그들은 전력 외의 존재가 되었다. 그들은 모두 빠른 말을 타고 도망쳤는데, 그들 중에 말 위에서 주문을 완성할 수 있는 이는 없었으므로.

사실 마법사들의 수준은 꽤 높아서 회복 마법은 물론 이중마법 서킷을 익히고 전격 폭발까지 사용할 줄 아는 자들도 많았지만, 그런 것도 전부 무의미했다. 그들의 전공은 전부 일방적인 공격으로 얻어낸 것이었고, 마법을 사용할 만한 환경을 기사들이 미리 만들어준 다음 타격하는 것이 전부였다. 그들은 진정한 의미에서 전투 마법사라 할 수 없었다.

마법사들이 아무리 빠른 말을 받아 내달린다 한들 기사의 말을 따돌릴 수는 없었고, 뒤통수에 망치든 창이든 하나씩 꽂혀 죽어나갔다. 그들의 희생은 숭고했다. 그들의 말이 엔살라나의 것보다 느렸던 탓에 그들은 먼저 죽어주었고, 그 틈을 타 엔살라나는 도망쳐 발레리에 대공과 합류할 수 있었으므로.

그러니 아직 모든 것이 끝난 건 아니었다.

"대공령에 도착하기만 하면 된다."

발레리에 대공은 가문의 심볼로 장식된 자신의 망토와 투구를 벗어 호위 기사 중 하나에게 넘겨주었다. 평범한 기병의 갑옷으로 몸을 감싼 그는 호위 기사들과 자신들의 무리를 둘로 나누었다.

대공의 망토를 두른 호위는 물론 반대쪽으로 갔다. 적들은 망토와 투구를 보고 저 호위 기사가 대공이라고 생각할 것이다.

얄팍한 수였지만, 이런 수가 혼란스러운 전쟁터일수록 오히려 더 잘 통하는 법이다.

"대공령에 도착하기만 하면 돼."

대공군은 실로 대군을 이끌고 왔지만, 대공령의 모든 병력을 다 끌고 온 것은 아니었다. 설령 이 병력이 전멸한다 할지라도, 같은 규모의 군대를 다시 한 번 일으킬 여력은 충분했다. 아니, 그보다도 훨씬 많았다. 세금을 올리고 징집병의 비율을 올리면 훈련도는 부족하나마 지금의 열 배 정도 병력을 끌어모을 수 있었다.

"이런 데서 끝낼 수야 없지."

발레리에 대공은 이를 꽉 물었다.

다음에 올 때는 이렇게 되진 않을 것이다. 지략을 동원하는 건 피곤해서 꺼렸지만, 이런 굴욕을 겪고도 머리를 안 쓸 대공은 아니었다. 직접 머릴 쓸 것도 없다. 이번에는 다 대공령에 놓고 오긴 했지만, 대공 대신 생각해 줄 참모진도 잔뜩 있었다.

대공도 지금 당장 생각나는 작전 하나는 갖고 있었다. 헨리 준남작령에 남겨놓은 병력을 동원해서 자작령에 양면 전쟁을 강제하고, 철저하게 소모전을 벌여 자작령의 힘을 쭉 빼놓는 작전이다.

애초에 그럴 생각으로 헨리 준남작령에 대기시킨 병력들이었다. 이번에는 굳이 동원하지 않았지만, 다음에는 동원할 것이다.

적이 전서구를 차단시켜 편지를 빼앗아 배후 병력의 존재를 파악했을지도 모르지만, 그럼 기습하지 않으면 그만이다. 그냥 물량으로 밀어붙여서 포위 섬멸 하면 되니까.

저 하늘을 나는 이상한 배가 어떤 원리로 날아다니는 모르지만, 분명 전투 지속 시간에는 한계가 있을 것이다. 하늘을 공짜로 날아다닐 수 있을 리는 없으니까. 뭔가 소모하는 게 있으리라. 잘은 모르지만 아마도 그리 오래 싸울 순 없을 것이다.

게다가 배는 한 척뿐이다. 그동안은 양면 전쟁을 벌이며 병사들을 던져주면서 버티면 된다.

'좋아.'

승리 공식은 세워졌다. 다음에 싸우면 이길 수 있다. 그러니 이건 도망가는 것이 아니었다.

"이건 전략적 후퇴일 뿐이야."

발레리에 대공은 그렇게 중얼거렸다.

엔살라나가 불안한 눈빛으로 자신을 바라보는 것이 불쾌했지만 무시했다. 이 여자는 아직 필요하니까. 대체품을 찾는 건 약간 뒤로 미뤄두도록 해야지. 발레리에 대공은 그렇게 결정했다.

"가자."

그러나 발레리에 대공은 곧 움직임을 멈출 수밖에 없었다.

그의 앞에 절망이 떨어져 내렸기 때문이었다.

　　　　*　　　　*　　　　*

"괜찮은 발상이로군."

방주에서 지면을 관찰하며 로렌은 코웃음을 쳤다. 발레리에 대공이 자신의 수하에게 투구와 망토를 떠넘기는 것이 잘 보였기 때문이다. 여기서 내려다 볼 때야 잘 보이지만, 아래에서는 그렇지 않을 것이다. 그러니 대공의 기만 작전은 꽤 효과적인 것이 될 터였다.

여기 로렌의 존재만 없었더라면 말이다.

하늘을 날아다니는 배의 출현이 너무나도 의외의 일이었던 탓일까, 발레리에 대공은 이 배 위에서 적이 자신을 내려다보고 있으리라는 발상을 못 하고 있는 것 같았다.

제정신이었다면 저지를 리 없는 실수겠지만, 반대로 말하자면 지금 발레리에 대공의 상태가 정상은 아니라는 방증이기도 했다.

하기야, 대공도 사람이다. 하늘을 날아다니는 배가 놀랍고 두렵기도 할 것이다. 폭격까지 맞고 있는 상황이니만큼 판단력이 떨어질 수도 있다.

"탈란델! 나 잠깐 다녀올게."

"어디를!"

"지면에!"

"방주는 어쩌고!"

로렌이 느긋하게 지면을 내려다보고 있었던 이유는 비축한 탄을 다 써버렸기 때문이다. 즉, 이제 방주의 공격 능력은 상실되었다고 봐도 되었다. 물론 그냥 방주를 아래로 내려 보내 냅다 적에게 돌격시키는 방법도 있긴 했지만, 그건 최후의 수단이다.

방주는 그냥 하늘을 날아다니는 것만으로도 적을 공포에 빠뜨릴 수야 있지만, 공격해 오지 않는 시간이 늘어날수록 효과는 떨어질 것이다. 즉, 방주를 치울 때가 되었다.

"다시 유적으로 돌아가게!"

"로렌! 나는!!"

연료통에 주석 판을 삽으로 퍼 넣고 있던 스칼렛이 놀라 다급하게 물었다.

"음… 나 혼자 갈게!"

로렌은 방주에서 휙 뛰어내렸다. 스칼렛이 로렌의 이름을 부르짖는 소리가 등을 때렸지만, 일단 무시했다.

명률법이 그의 몸을 훑으며 그의 모습을 로어 엘프 디셈버로 바꾸었다.

손재감을 줄여 은신을 사용하는 것도 생각했지만, 그건 암살과 다를 바가 없다. 이번 전쟁에서는 마법사 로어 엘프의 모

습을 최대한 보여주는 것도 또 한 가지의 목적이니 그 방법은
쓰기 꺼려졌다.

더군다나 로렌은 아직 두 종류의 명률법을 동시에 발동하
지 못한다. 로어 엘프의 모습을 취하면서 동시에 존재감을 없
앨 수 없다는 뜻이다.

이번 전투는 로어 엘프 디셈버의 전투력을 과시하는 것이
목적이다. 무게는 물론 '로어 엘프' 쪽에 실린다. 그러니 은신
은 포기하는 것이 낫다.

도약 주문과 완강 주문을 적절히 활용해서 로렌은 정확한
위치에 착지했다.

지나치게 느린 속도로 떨어져 내리면 마법사나 궁병에게 요
격당할 가능성이 있었기 때문에 마지막의 완강 주문은 미리
사용했다. 낙차가 커진 만큼 당연히 로렌의 육체에는 상당한
부담이 가해졌지만, 탈각의 경지에 오른 기사의 육체는 그리
쉽게 망가지지 않는다.

그래서.

쿵!

로렌은 발레리에 대공의 앞에 갑작스럽게 떨어져 내릴 수
있었다.

발레리에 대공이 기사단장급 이상의 고수들을 호위로 데리
고 다닌다는 건 로렌도 알고 있었다. 유명한 이야기였으므로

로렌 하트로서의 기억을 빌릴 필요도 없었다.

그런 강자 네 명을 동시에 상대하는 건 로렌으로서도 부담 스러웠다. 그나마 대공이 기만 작전을 위해 호위를 반으로 나누어 흩어졌기 때문에 승산이 생겼다.

착지하기 전에 이미 주문을 완성시켰다. 완강 주문을 미리 외워 마법 서킷을 식혀둔 덕택에 삼중 융합 주문을 사용할 수 있었다. 어중간한 주문을 사용해 봤자 기사단장급이면 다 피해 버리기 때문에, 피하지 못할 주문을 사용해야 했다.

폭발!

단순한 이름의 주문이지만 세 개의 마법 서킷을 활용해야 하는 고난이도의 삼중 융합 주문. 투사체가 날아가지 않고 사거리 안의 특정 좌표를 기점으로 강력한 폭발을 일으키는 효과를 가졌다. 이 주문에는 아무런 전조 현상이 나타나지 않기 때문에 완벽한 기습이 가능하다.

쾅!

폭발 주문은 로렌의 착지와 동시에 효과를 발휘해, 강렬한 폭발을 일으켰다. 혹시나 몰라서 강화 주문으로 발동했으니, 아무리 기사단장급이라고 해도 아무 피해 없이 막아내는 건 불가능했을 터였다.

"크, ㅇㅇㅇ웃!"

고통의 신음 소리가 들렸다. 로렌은 놀라 폭연의 안쪽을 바라보았다. 폭발 주문을 맞았음에도 신음성을 낼 정도로 멀쩡하다니!

폭연이 걷히길 기다릴 생각은 없었다. 로렌은 순식간에 전격 폭발 주문을 완성해 던져 넣었다. 꽤나 대담한 판단이었지만 폭연으로 시야가 가려진 데다 폭발 주문으로 피해를 입긴 입었으니 그 짧은 시간에 반격을 시도하거나 전격 폭발을 회피하지는 못하리라는 계산이었다.

파즈즈즛, 콰앙!

로렌의 계산대로 반격은 돌아오지 않았다. 그럼에도 폭연 안에는 여전히 인기척이 있었다. 하기야 폭발 주문에도 버티는데 전격 폭발도 못 버티리라고는 처음부터 생각하지 않았다.

"다다익선이지!"

로렌은 무자비하게 주문을 연속해서 쏴대었다. 육연 주문, 화염 폭발! 세 개의 마법 서킷에 순차적으로 마력이 채워져 주문을 완성시켰다. 쾅! 쾅! 쾅! 쾅! 쾅! 여섯 발의 화염 폭발이 연이어 발레리에 대공이 있는 곳을 타격했다.

대공군의 병사들이 뒤늦게 반응해 이쪽을 쳐다보는 것이 보였다.

이미 방주에서 발사된 폭격에 겁을 잔뜩 집어먹은 상태였는데, 그 방주에서 뛰어내린 마법사가 믿을 수 없을 정도의

속도로 마법을 완성시키니 완전히 쪼그라들어 덤벼들지도 못
했다. 로렌은 그들을 향해 연쇄 화염 폭발을 선물로 던져주
었다.

퍼퍼퍼펑!

"으아아아악!"

폭발의 영향권 내에 있던 자들은 그 자리에서 즉사했고, 아
닌 자들은 도망치기 바빴다. 그들은 방금 전까지 로렌의 집중
공격을 받던 상대가 발레리에 대공 일행임은 몰랐을 것이다.
너무 쉽게 포기하고, 뒤도 돌아보지 않고 도주했으니까.

목격자도 충분히 만들었고, 그 목격자들이 이제 도망치고
있으니 인정사정 봐줄 것도 없었다. 로렌은 폭발의 각인을 활
성화시킨 비검을 꺼내 들었다.

'멀리서 보면 마법처럼 보일 테지.'

폭연이 덜 걷힌 발레리에 대공 쪽을 향해 로렌은 비검을 집
어던지고 폭발의 각인을 발동시켰다. 네 자루 전부 다!

쿠콰콰쾅!

도저히 인간의 몸으로 받아내고 살아남을 수 없는 연격이
었다. 그럼에도 폭연 속에 남아 있는 인기척에 그제야 로렌은
한 가지 가설을 떠올릴 수 있었다.

로렌은 왼손에는 각인검, 오른손에는 각인창을 들었다.

비천뇌극창의 극의를 담아, 로렌은 창을 내찔렀다. 그가 내

뻗은 창의 위력이 어찌나 강력한지, 폭연이 단번에 휩쓸려 사라져 버렸다.

그리고 로렌은 자신의 전과(戰果)를 눈으로 확인할 수 있었다.

세 명의 호위 기사는 산산조각 나서 그것이 도저히 인간이었던 물체라 생각할 수 없을 정도로 망가져 있었다. 간단하게 말해, 분쇄된 육편이었다.

그러나 그 강렬한 폭발의 연쇄에서도 살아남은 자가 있었다.

발레리에 대공.

그리고 마법사 엔살라나였다.

두 사람이 알몸인 채 뒤엉켜 지면에 나뒹굴고 있었다.

"…아하."

로렌은 자신의 가설이 참임을 확인했다.

비천뇌극창의 극의를 담은 일격을 맞고도 사람의 몸이 멀쩡히 남아 있을 리가 없다. 상대가 기사라도 되지 않는 한, 일격으로 사람을 육편으로 흩어버리는 것이 비천뇌극창의 위력이다.

그런데 기이하게도 창극(槍戟)은 대공의 심장에 박혀 있었다. 피도 상처도 보이지 않았다. 마치 찰흙에 젓가락을 푹 꽂은 후, 그 주변을 찰흙으로 다시 메워 버린 것 같은 느낌이다.

로렌은 내뻗었던 창을 회수했다. 퍽! 대공의 심장을 꿰뚫고 있던 창이 뽑히면서 심장 부위의 살이 함께 뽑혀져 나왔다. 그러나 그 죽음에 이르기에 충분한 상처도 부지불식간에 아물어 버리고 말았다.

물리법칙을 초월한 경이적인 능력!

로렌은 이런 능력을 지닌 기물을 딱 하나 알고 있었다.

"엘리시온의 경이로군."

아마도 탈각의 경지에까지도 이르렀을 터인 초인들인 호위 기사들도 죽었는데, 육체적 능력으로는 일반인에 가까운 이 두 사람만 살아남은 이유는 하나뿐이었다.

엘리시온의 경이, 옛 시대의 기물이 힘을 발휘했기 때문이다.

공격을 받는 즉시 엘리시온의 경이가 두 사람의 육체를 '완전하게' 만든다. 즉, 치명상이라도 전부 회복시켜 놓은 것이리라. 아무래도 경이의 능력은 정신에까지 영향을 미치지는 못하는지, 둘 다 기절해 버렸지만 말이다.

그 덕에 보통 사람이라면 아홉 번은 죽었을 공격을 받고도 발레리에 대공과 엔살라나의 육체는 멀쩡했다. 너무 멀쩡해서 뒤엉킨 두 사람의 모습이 상황에 걸맞지 않게 음란하게 보일 정도였다.

옷을 다 벗고 있는 건 폭발에 의해 날아가 버렸기 때문일 터였다. 옷은 능력의 대상에 포함이 되지 않으니 재생되지 않은 거고. 그 결과 둘은 지금 알몸 상태였다.

"흠."

로렌은 두 사람에게 뚜벅뚜벅 걸어가, 둘이 맞잡은 손을 억지로 풀었다. 그의 예상대로, 그 손아귀에는 엘리시온의 경이 파편이 빛을 발하고 있었다. 엔살라나의 '고귀함'은 거의 소진된 상태였는지, 빛은 희미하게 점멸하고 있었다.

그 파편을 빼앗아 든 로렌은 미간을 찌푸렸다.

"발레리에 대공, 지난 생에선 고마웠소. 하지만 이번 생의 당신은 날 실망시켰어."

로렌 하트로서의 기억 속에서 발레리에 대공은 그의 영웅이었다. 은인이었다. 존경의 대상이자, 어떤 의미에서는 신앙의 대상이기까지 했다.

로렌으로서의 이번 생에서는 그랬던 발레리에 대공에 대한 지난 생의 기억, 아니, 환상이 깨져 나가기만 했다. 라핀젤의 증언, 바투르크의 해고에 대한 진상, 역적이라고만 여겼던 리처드 남작이 왜 그럴 수밖에 없었는지에 대한 해답.

이 변경 지역의 그림자를 조종해 왔던 배후로서 발레리에 대공이라는 증거가 전부 갖춰졌을 때, 로렌이 받았던 충격은 보통이 아니었다. 지난 생에선 경애를 바쳤던 위인의 민낯을 보게 된 그날의 충격은 다음 생에서도 잊지 못하리라.

그럼에도 로렌은 여전히 발레리에 대공에 대한 채무 의식을 갖고 있었다. 역사의 이면에서 어떤 일이 일어났든, 지난 생에서 로어 엘프를 해방시켜 준 은인은 여전히 발레리에 대공이었으므로.

하지만.

"적벽대전."

로렌은 그 단어를 내뱉었다.

이를 꽉 깨문 그는 각인검을 휘둘러 발레리에 대공의 목을 쳤다. 대공의 머리가 지면을 데구루루 굴렀다. 기절한 채였으므로 대공은 자신이 죽은지도 모르고 갔을 것이다.

적벽대전.

삼국지연의가 창작된 소설이라고는 하지만, 그렇다고 그 이야기에서 교훈을 얻을 수 없는 것은 아니다.

적벽대전의 대승 후, 관우는 패전해 도망가는 조조를 놓아준다. 옛 은혜 때문이었다. 그러나 그 이후의 전개를 아는 독자들은 누구라도 생각했을 것이다. 거기서 조조를 죽였더라면 유비는 천하를 차지했을지도 모른다고.

로렌도 그렇게 생각하는 독자 중 한 명이었다.

그래서 발레리에 대공을 죽였다.

여기서 발레리에 대공이 도망치는 데 성공하면 그는 얼마든지 다시 세력을 일으킬 수 있다. 그리고 대공이 다시 쳐들어올 때는 이번처럼 방심하지 않을 것이다. 이 전쟁을 후환 없는 완전한 승리로 만들기 위해서는 대공을 반드시 죽여야만

했다.

"나관중에게 고마워해야겠군."

로렌은 지난 생의 은혜에 얽매이던 자신의 미련을 끊어내 준 삼국지연의의 저자에게 짧게 감사했다.

38장
전리품

발레리에 대공은 죽였으니, 엔살라나가 남았다.

"자, 그럼 스승님은 어쩌지?"

스승님이라 부르고는 있지만 솔직히 말해서 로렌에게 있어서 엔살라나는 쓸모없다.

엔살라나의 마법 능력은 노벰버보다 아래다. 대학에 박아 둬 연구원으로 쓰려고 해도 다른 교원의 연구 결과를 훔칠 테고, 육체노동을 시키면 한 사람 몫도 못 할 것이다.

비도덕적이고 사회적으로 지탄받을 방식으로의 활용은 가능할 테지만 로렌은 그런 방법을 사용할 생각이 없다.

로렌의 곁에 두자니 보복을 생각할지도 모른다. 엔살라나는 발레리에 대공을 성공의 발판으로만 생각하지는 않고 진짜 사랑했던 것 같으니까.

"그냥 추방해야겠군."

아무리 그래도 옛 스승을 직접 죽이기는 좀 꺼려져서 로렌은 그렇게 결정을 내렸다.

"으, 으음……."

엔살라나가 정신을 차린 건 그때였다. 엘리시온의 경이 파편의 능력으로 육체 손상은 완전히 치유되었으니, 오래 기절하고 있는 쪽이 더 이상하다. 곧 눈을 뜰 줄 알았다.

엔살라나가 깨어나서 가장 먼저 본 건 목이 잘려 나간 발레리에 대공의 시체였다. 그녀는 비통하게 울부짖으며 주변을 더듬어 뭔가를 찾았다. 엘리시온의 경이를 찾는 것이리라. 그건 로렌의 손에 있으니 찾아질 리는 없었다.

"대공은 죽었다."

로렌은 그런 그녀에게 말했다.

"내가 죽였다."

그렇게 고했다.

"감히!"

눈물로 얼굴을 적신 채, 그녀는 주문을 완성해 냈다. 즉시 시전 마법 화살이었다. 로렌은 그 주문의 완성을 저지하지 않왔다. 마법 화살이 로렌의 가슴을 노렸다. 그 마법 화살은 로렌의 심장을 꿰뚫기는커녕, 제대로 된 상처조차 입히지 못했다.

마법 화살에도 반대 주문이 존재한다는 건 그리 유명한 사실이 아니다. 굳이 알 필요가 없는 사실이기 때문이다. 마법 화살의 반대 주문은 마법 화살을 없애 버리는 효과를 발휘한다. 오직 그것뿐이다. 이런 주문에 존재 의의가 있을 리가 없었다.

날아오는 마법 화살을 보고난 후 반대 주문을 외워서 마법 화살을 없앤다? 사람이 할 짓은 아니었다. 생각하는 것보다 먼저 주문을 완성시켜야 한다는 뜻이니.

하지만 로렌은 굳이 마법 화살의 반대 주문으로 엔살라나의 마법 화살을 상쇄해 버렸다. 격이 다르다는 것을 과시하기 위해서였다. 힘의 차이를 보여주고 굴복시켜 항복을 받아야 하니 필요한 절차였다.

"이익!!"

그러나 엔살라나는 포기하지 않고 화염 폭발을 준비하기 시작했다. 로렌은 짧게 한숨을 내쉬었다. 이 이상 마력을 낭비할 생각은 없었다.

"그만히시죠."

"대공님의 원수! 죽어라!!"

눈물로 얼룩진 눈매, 충혈된 눈. 로렌은 엔살라나가 결코 복수를 포기할 생각이 없음을 알았다. 그렇다면 끝까지 갈 수밖에 없었다.

로렌은 날아오는 불꽃 덩어리를 피했다. 화염 폭발은 다른 곳에 가서 터졌다. 마법의 회피는 공력을 활용할 줄 알게 된 로렌에겐 쉬운 일이었다.

다음 순간, 로렌의 각인검이 엔살라나를 꿰뚫었다.

지금까지 병사들을 죽여왔다. 적이니까 죽였다. 엔살라나가 한 번의 기회를 받은 것도 특별 취급이었다. 그녀의 목숨과 병사들의 목숨이 그 경중에 큰 차이가 있을 리는 없었다.

쾅!

각인검의 각인이 빛을 발했고, 엔살라나는 절명했다.

그나마 고통 없이 단번에 보내주는 것이 지난 생에서의 스승에게 해줄 수 있는 로렌의 유일한 배려였다.

"이래서 전쟁은 싫다니까."

로렌은 씁쓰레하게 중얼거리곤 각인검에 각인의 힘을 밀어넣어 불꽃을 일으켰다. 칼날에 묻은 엔살라나의 피가 타 없어졌다.

휙, 하고 한 번 휘두른 후, 로렌은 칼을 칼집에 되돌렸다.

이렇게 전쟁은 끝났다.

로렌은 자신의 손아귀에서 나침반을 굴렸다.

주인이 없는 경이의 파편을 찾아내는 나침반.

전장에서 이 나침반을 찾아낸 건 우연이 아니었다. 엔살라나를 살해하자, 즉 엘리시온의 경이 파편의 소유자를 죽이자 파편에서 미미한 인력이 발생했기 때문이었다.

파편이 가리키는 곳에 이 나침반이 있었다.

엘리시온의 경이 파편을 직접 소유하는 건 로렌도 처음이었고, '주인 없는 파편'이 서로를 끌어당긴다는 것을 알게 된 것도 이번이 처음이었다.

"누가 신의 연대에 만들어진 기물이 아니랄까 봐. 마치 살아 있는 것 같군. 원래의 상태로 되돌려 달라고 말하는 것 같기도 하군."

나침반은 그대로 두고, 주인 없는 파편을 라퓐젤에게 가져다주자 두 파편은 처음부터 하나였던 것처럼 결합되었다. 분명 단단한 유리 같은 질감의 파편이었음에도 불구하고, 두 파편은 서로를 만나자 불에 녹인 촛농처럼 들러붙었다. 신기한 광경이었다.

라퓐젤은 파편의 힘이 두 배로 늘어난 기분이라 말했다. 잘은 몰라도 전성기에는 엘리시온 왕국 전역에 그 힘을 퍼뜨리던 기물이다. 파편을 전부 모아 완성하면 어마어마한 능력을 발휘할 것이다.

주인 없던 파편이 라푼젤이라는 주인을 만나자, 나침반은 다른 방향을 가리켰다. 아마도 나침반이 가리키는 방향에 또 다른 주인 없는 파편이 있을 것이다.

"과연. 발레리에 대공이 왜 그레고리 남작령을 침공하려 했는지 이제야 알겠군."

이 나침반이 그레고리 남작령의 세 거두 하이어드 중 하나였던 로를웨가 비밀리에 소유하고 있던 파편의 위치를 가리키고 있었고, 그래서 대공은 군대를 보내 파편을 회수하려고 했다.

'아니, 강탈이겠지.'

발레리에 대공이 파편을 모아들이려 한 이유도 이해는 간다. 이미 대공의 지위까지 오른 그가 품을 야망이라면 왕위밖에 없다.

그리고 완성된 엘리시온의 경이는 대공령만으로 왕국 전체를 홀로 상대하고도 남을 힘을 소유자에게 부여한다. 물론 충분한 웰시 엘프와 그들의 고귀함이 충분히 뒤를 받쳐준다는 전제하에.

"흠."

이 나침반을 소유하게 된 이상, 로렌도 다음 파편을 찾아나서는 것이 좋을지도 모른다고 잠깐 생각했지만, 로렌은 곧 고개를 저었다.

로렌은 발레리에 대공처럼 침략 전쟁을 감행할 생각은 없었다. 누가 싸움을 걸어온다면 또 모를까, 적극적으로 전쟁을 벌이고 싶은 마음은 도저히 생기질 않았다.

더군다나 로렌의 꿈은 왕이 되는 것도 세계 정복도 아니다. 그의 목표는 최대한 다양하고 강력한 능력을 모아 다음 생을 대비하는 것. 엘리시온의 경이를 다 모아봤자 지구로 들고 갈 수 있는 것도 아닌데, 굳이 모을 이유가 없었다.

"그래도 혹시 모르니까."

로렌은 나침반을 품속에 깊숙이 넣어두었다. 안 그래도 대공을 죽이고 전쟁에 승리함으로써 역사에 대변혁이 일어났는데, 이 이상 변수를 늘릴 수는 없었다. 그리고 이 나침반은 역사에 변수를 가져다주고도 남을 물건이었다. 아무렇게나 관리할 수는 없었다.

*　　　*　　　*

로렌을 정말로 골치 아프게 만든 건 전후 처리였다.

라푼젤 자작령의 명목상 영주는 라푼젤이었지만, 실질적으로는 로렌이 주인이고 그는 제1비서관이라는 지위를 이용해 실무를 처리하고 있었다. 자연스레 격무에 시달려야 할 건 로렌이었다.

격무에 시달린다고 해도 로렌 혼자만 그런 건 아니었고, 라핀젤도 최대한 힘을 보태주고 있었다. 대외적인 업무는 어쩔 수 없이 그녀가 맡아야 했다. 그리고 레윈도 구 발레리에 대공령과 라핀젤 자작령을 오가며 대소사를 처리하고 있었다.

이러니저러니 해도 죽어나는 건 아랫사람들이긴 했다. 자작령의 행정관들은 연일 이어지는 야근에 어깨를 축 늘어뜨리고 다녔다. 야근 수당을 충분히 지급하긴 하지만 누적되는 피로는 어쩔 수 없었다. 바쁜 시기가 끝나면 유급 휴가를 챙겨줘야겠다고 로렌은 생각했다.

이것도 전쟁에서 승리했기에 할 수 있는 고민이었다. 사치스러운 고민이었다.

그렇다. 로렌은 전쟁에서 승리했다. 그리고 그는 승리자의 혜택을 철저하게 받아 챙겼다.

의절당했다고는 하나 이쪽에는 발레리에 대공의 양녀였던 라핀젤이 있었다. 그렇다고 후계권까지 요구할 수는 없었지만 후계권에 대한 지분과 전쟁 배상금 명목으로 구 발레리에 대공령의 이권을 거침없이 뜯어내었다.

협상 테이블에서 어찌나 가혹하게 굴었는지 로렌은 암살 위협을 두 번, 암살 시도는 다섯 번이나 받았다. 라핀젤 자작의 제1비서관이자 협상 대리인이라고는 하나 평민이니 죽여도 상관없을 줄 알았단다.

로렌은 환하게 웃으며 뜯어낼 목록에 몇 줄을 더 추가했다. 로렌의 암살을 시도한 구 발레리에 대공령의 암살자 조직을 다섯 개 박살 낸 건 말할 것도 없다.

협상이 끝나자 구 발레리에 대공령의 새 지배자로 즉위한 발레리에 대공의 장자, 카탈루니아 대공은 자신이 빈털터리인 것을 뒤늦게 깨달았다. 대공령의 실권은 로렌에게 대부분 넘어가 있었고, 대공의 주변은 어느새 로렌이 심어둔 자들이나 그의 영향력에 굴복한 자들로 꽉 채워져 있었다.

쉽게 말해 이제 구 발레리에 대공령은 로렌의 것이었다.

라핀젤 자작령의 실질적인 지배자가 로렌이듯, 구 발레리에 대공령의 실질적인 지배자는 로렌이었다. 겉으로 보기엔 평화롭게 전후 처리가 완료되고, 카탈루니아 대공에게 전권이 돌아간 것처럼 보이니 더욱 악질적이었다.

즉, 카탈루니아 대공은 로렌이 방문하기 전의 그레고리 남작과 똑같은 처지가 되었다.

차이점은 그레고리 남작의 상대가 세 거두를 필두로 한 하이어드 세력이었다면, 카탈루니아 대공의 상대는 로렌이라는 것 정도였다.

굳이 한 가지 너 꼽자면 대공이 머무는 저택조차 로렌의 소유로, 로렌이 무상으로 빌려주는 형식을 취해주고 있었다.

카탈루니아 대공이 빈털터리가 되었다는 건 결코 과장이
아닌 셈이다.

"일이 이렇게까지 될 줄은 몰랐는데, 암살자들이 워낙 많이
찾아와서 말이야. 화가 좀 나서 나도 모르게 그만."

로렌은 털털하게 웃었고, 라푼젤은 그런 그를 질린 듯 바라
보았다.

"오라버니는 차라리 죽는 게 낫다고 생각할 거야."

"그것도 좋지. 발레리에 대공이 널 의절한 탓에 끊겼던 친권
도 내가 되돌려 두었어. 그러니까 카탈루니아 대공이 죽으면
대공령의 다음 주인은 너야."

그럼 구 발레리에 대공령은 라푼젤 대공령이 되겠군, 이라
며 로렌은 웃었다.

구 발레리에 대공령도 지금은 카탈루니아 대공이 영주니 카
탈루니아 대공령이라고 불러야 하지만, 사람들은 아직까지 구
발레리에 대공령이나 심하면 그냥 발레리에 대공령이라고 부
르고들 있었다.

어쩌면 카탈루니아 대공령이라는 명칭이 정착하기도 전에
이름이 바뀔 수도 있었다.

"카탈루니아 대공도 그 사실을 알고 있으니, 혹시나 내가
자길 암살하려 하지 않을까 매일 밤 전전긍긍해야 할걸."

안타깝게도 카탈루니아 대공이 빠른 시일 내에 암살이라도

당한다거나 하면 말이다.

"진짜 사악하네!"

"나도 암살 위협에 떨었는데 왜? 똑같이 해줘야지."

떨기는! 암살자들이 찾아오는 족족 희희낙락하면서 조직째로 몰살시킨 주제에!

라푼젤은 그렇게 따지진 않았다. 로렌에게 암살자를 보낸 오라비가 괘씸하긴 했으니까. 그녀에게 있어 누가 더 중요하냐 물으면 당연히 피가 이어지지도 않은 양오라비보다는 로렌이 훨씬 중요하다는 대답을 할 수밖에 없었다.

"만약 내가 대공이 되면 대공령도 너 가져."

그래서 라푼젤은 로렌에게 이렇게 말했다. 그랬더니 로렌의 반응이 가관이었다.

"지금 나더러 카탈루니아 대공 암살하라고 충동질하는 거야? 그렇게 안 봤는데."

"……."

라푼젤은 그냥 입을 다물고 있기로 했다.

*   *   *

원래대로라면 이렇게까지 일방적으로 협상이 돌아갈 리가 없었다. 아무리 전쟁에서 이겼다고 한들, '너무 심하게' 해먹으면 태클이 들어오게 마련이다.

그러나 그 '너무 심하게'의 기준이 높아진 이유는 따로 있었다. 발레리에 대공이 살아 있을 때 '너무 심하게' 해먹었기 때문이다.

태클이 들어온다면 보통 중앙정부일 텐데, 중앙정부는 지금 유명무실하다. 왕실도 마찬가지. 실권을 가진 건 다른 대공들 정도인데, 그 대공들이 협상 테이블에서 조정자 역할로 끼어들어 로렌을 말리기는커녕 더 해먹으라고 부추기기까지 했다.

발레리에 대공 측, 그러니까 지금의 영주인 카탈루니아 대공이 그런 조정자들의 태도에 항의했지만 다른 대공의 대리인들은 그 말을 귓등으로도 듣지 않았다. 다 전례가 있었던 일이었다고 일축할 뿐이었다. 그리고 그 전례를 만들어 버린 게 죽은 발레리에 대공이었다.

"속이 다 시원하군!"

그렇게 말한 건 에스트리아 공령의 영주 에스트리아 공작이었다.

에스트리아 공작의 이미지를 로렌의 입장에서 간단하게 표현하자면 다음과 같았다. 그는 너구리였다. 공작은 발레리에 대공에게 꽤나 원한이 깊은 듯했고, 로렌을 부추겨 종전 협상을 일방적으로 만드는 데 일조했다.

"아직 어린데도 카탈루니아 대공 후계를 잘 밀어붙이더구

나. 잘했도다."

흡족하게 미소 지으며 로렌의 어깨를 두드린 장년의 여성은 루시아 여대공이었다. 루시아 대공령의 주인인 그녀는 간단히 표현하자면 여우라 할 수 있었다. 루시아 여대공은 로렌에게 조력하는 한편, 슬쩍 술수를 써 자신의 이득을 챙기기까지 했다.

구 발레리에 대공령의 철광석 광산을 전략 자원 생산 기지라는 이유로 폐광시키도록 획책했다. 루시아 대공령의 주력 생산품이 철광석이니, 꽤 많은 생산량을 자랑하던 구 발레리에 대공령의 광산을 폐광시킴으로써 철광석의 가치를 올리려고 한 것이다.

로렌은 루시아 여대공의 술수를 방관했다. 굳이 그녀를 적으로 돌릴 이유도 없거니와, 적으로 돌리면 곤란하기도 하기 때문이다. 그렇다고 공짜로 이권을 넘겨주는 건 싫으니 간단한 협상을 했다.

루시아 대공령에서 로어 엘프를 해방시키기로.

루시아 여대공은 흔쾌히 승낙했다. 의외였다.

"어차피 해야 할 일이었도다. 그대의 주인인 라핀젤 자작이 의도한 건지 아닌 건지는 모르겠지만, 그대들의 승리는 시사하는 바가 매우 크다."

의도한 건데. 로렌은 말하지 않았다. 라핀젤 자작령의 승리로 인해 마법사들의 가치가 천정부지로 뛸 건 불을 보듯 빤한 일이었다. 그리고 로어 엘프가 마법에 대한 높은 적성을 가지고 있다는 것도 밝혀진 이상, 로어 엘프의 지위가 오르는 것도 당연한 일이었다.

로렌에게 있어서 의외였던 건, 입장상 가장 보수적이었을 터인 그녀가 로어 엘프를 해방시킨다는 대형 이슈를 별 거부감 없이 받아들였다는 점이었다.

문제는 이미 큰 힘을 쥐고 있는 이들은 쉽게 보수적이 되고, 세상의 변화를 틀어막으려 든다는 것이었다. 그리고 루시아 여대공은 그 큰 힘을 쥔 세력의 수장이었다.

'따로 야망이 있는 모양이로군.'

역사가 바뀌어 버린 탓에 루시아 여대공이 무슨 짓을 할지는 예측하기 어려웠으나, 로렌은 루시아 여대공의 속내를 알아내려 애쓰지 않았다. 소용없는 시도일뿐더러 괜한 의심을 살 위험도 있었다.

어쨌든 두 높으신 분의 적극적인 조력 덕에 로렌은 이렇게 쉽게 구 발레리에 대공령의 실권을 접수할 수 있게 되었다.

그리고 루시아 여대공은 약속을 지켜 자신의 영향권 내에서 로어 엘프를 해방시켰고, 카탈루니아 대공령으로 명칭이 바뀐 구 발레리에 대공령에서도 로어 엘프를 해방시켰다. 후자는 물론 협상의 결과물이었다.

로어 엘프의 해방은 시대의 흐름을 제대로 탔다. 제아무리 하이어드들이 발버둥 친다 하더라도 더 이상 이 대세를 거스를 수는 없게 되었다는 뜻이다.

이로써 라핀젤의 꿈은 또 진전을 보았다.

*   *   *

라핀젤 자작과 발레리에 대공 간의 전쟁으로 인해 세간의 인식이 바뀐 건 비단 마법사와 로어 엘프뿐만은 아니었다.

발레리에 대공이 해고한 오크 기사 바투르크가 전쟁에서 크게 활약했고, 그 결과 전쟁의 승패가 뒤바뀌었다. 세상에는 그렇게 알려졌다.

사실 더 크게 활약한 건 리처드 남작이지만, 리처드 남작은 겸양을 떨며 바투르크의 이름을 여러 번 언급해 오크 기사를 스타로 만드는 데 일조했다. 리처드 남작의 그런 언행을 바투르크에게 알려주자, 바투르크는 뭐라 말하기 힘든 표정을 지었다.

"리처드 남작은 망나니입니다."

바투르크는 로렌에게 높임말을 썼다. 리처드 남작에게는 자신이 오크라서 높임말을 쓸 수 없다고 했지만, 그 말은 거짓말이었던 모양이다.

"…좋은 망나니입니다."

로렌은 푸핫, 하고 웃었다. 웃긴 말이었다.

"대가로 돼지를 받아갈 텐데, 그래도 좋은 망나니인가?"

로렌은 이제 바투르크에게 반말을 썼다. 바투르크가 주군에게 높임말을 들을 수 없다고 했기 때문이다. 그 말을 듣고도 버릇처럼 높임말을 썼더니 바투르크가 자신의 귀를 파손시키려고 했다. 반응이 이렇게도 극단적이니 이젠 놀리기도 뭐 했다.

"충분한 대가입니다."

돼지 운운도 놀리려고 한 말이었지만 바투르크는 아무렇지도 않게 고개를 끄덕였다.

그도 그렇다. 리처드 남작의 이야기 덕에 이제는 더 이상 기사가 오크라는 이유로 직위 해제 당하는 일은 없을 것이다. 알게 모르게 무시당하던 오크라는 종족의 이미지도 개선될 것이고.

바투르크가 오크의 이미지를 개선하기 위해 뛰어다니는 사회 운동가인 건 아니었지만, 어쨌든 바투르크는 이번 일이 가져온 여파를 보고 리처드 남작에게 감사하고 있었다.

'뭐, 리처드 남작도 자기 좋으라고 하는 건데.'

이대로 오크의 이미지 개선이 잘된다면 어쩌면 리처드 남작의 출생의 비밀이 알려져도 별일 아닌 것처럼 받아들여질 날이 올지도 모른다. 그런 의미에선 리처드 남작도 자기 자신을 위해서 하는 일이라 할 수 있었다.

그렇다고 바투르크에게 진실을 알려줄 생각은 없었다. 일단은 리처드 남작의 비밀이기도 하고. 이 일을 기회로 리처드 남작과 바투르크의 관계가 개선된다면 좋으리라 생각한 탓이기도 했다.

*   *   *

전쟁에 결정적인 역할을 한 방주의 정체도 알려졌다. 란츠 드워프의 각인기예가 세상에 이름을 새롭게 알리게 되었다. 드워프들 간엔 구시대의 기술이라며 폄하받던 각인기예가 방주의 활약으로 인해 최신예 기술로 이미지가 뒤바뀌는 순간이었다.

"아무래도 제자를 더 받아야겠어."

그리고 그 방주의 선장인 란츠 드워프 탈란델은 투덜거리며 주석 조각에 각인을 새기고 있었다. 방주의 연료를 가공하는 단순노동이었다. 꼭 그가 아니라도 할 수 있는 일이었다.

"제자가 아니라 부려먹을 일꾼이 필요한 것 같은데."

"그 말도 맞아."

탈란델은 로렌의 지적을 딱히 부정하지는 않았다.

"그래서 내 친구를 일꾼으로 부려먹고 있는 건가?"

"고용한 거지!"

탈란델은 들고 있던 끌을 휘적휘적 내저었다. 다급한 목소리와 동작이었다.

맞은편에서 탈란델과 똑같은 작업을 하고 있던 스칼렛이 항의의 시선을 보냈다. 그 시선에 움찔한 건 탈란델뿐만이 아니었다. 로렌도 마찬가지였다.

이 호구 드래곤 아가씨는 탈란델에게 속아서 이런 단순노동에 부려 먹히고 있었다. 란츠 드워프에게 속는 드래곤이라니! 하지만 그것이 진실이었다.

그리고 스칼렛이 이런 꼴을 당한 것도 로렌이 그녀를 방치했기 때문이다. 애도 아니고 따라다니면서 돌봐줘야 하나? 그런 물음이 나올 법도 했지만 그 물음에 대한 답은 이것이었다.

스칼렛은 애다!

나이야 300살이 넘었을지 몰라도 드래곤 기준으로는 그 나이도 애이고, 사실 정신연령도 그리 높지 않았다. 인류 사회에는 1년에 일주일 나올까 말까니 사회 경험도 일천했다. 외견도 애다. 10대 중반이면 인간 기준으로도 미성년자다.

어딜 어떻게 따져도 로렌이 잘못한 게 맞았다.

"각인기예를 가르쳐 주겠다는 말로 꼬드겨서 스칼렛을 부려먹다니."

그래도 로렌은 그렇게 툴툴거렸다. 그러자 스칼렛이 그 이름대로 얼굴을 새빨갛게 물들이곤 이렇게 외쳤다.

"그러면 로렌이 좋아할 거라고 이 드워프가 말했단 말이야."

드래곤이 인간 미성년자에게 고자질을! 그것도 드워프에게 당한 걸!

아무리 멸망한 종족이라 한들 하나의 연대를 자신들의 이름으로 장식한 위대한 종족의 후예가 할 짓치고는 지나치게 구차했다.

그래서 로렌은 더욱 죄책감을 느꼈다.

'알아서 찾아올 줄 알았지.'

로렌은 스칼렛을 한 달이나 방치했다. 방치한 이유는 바빴기 때문이다. 탈란델이랑 같이 있으면 괜찮을 거라고 생각했다. 안일했다. 탈란델이 그녀를 이용해 먹을 거라고 어떻게 알았겠는가.

"로렌, 자네. 내가 일방적으로 이 아이를 부려먹은 것처럼 생각하고 있는가?"

"아니야?"

"아닐세!"

날란델은 격분했다. 꽤나 억울한지 눈이 축축해져 있었다.

"스칼렛을 부려먹는 대가로 자네에게 금강의 격을 가르쳐

주기로 했단 말일세!"

"······!"

로렌은 황당함에 입을 쩍 벌리고 말았다.

"아니, 그건 나중에 다른 대가를 지불하고 배운다고 했을 텐데?"

"네가 기뻐할 거 같아서······."

로렌의 반응을 본 스칼렛이 주저주저 말했다. 그녀도 울먹거리고 있었다. 로렌의 반응이 예상과 달랐기 때문이리라.

'아, 이 호구가.'

생각이야 그렇게 했지만 로렌은 자신의 감정을 되도록 가라앉히려 노력하며 스칼렛의 손을 잡아주었다.

"아니야, 고마워. 스칼렛, 기뻐."

"저, 정말?"

"···응."

양심에 찔렸다!

"기왕 이렇게 된 거 스칼렛을 한 달만 더 두고 가게. 도제로 한 달간만 일하고 금강의 격을 배울 수 있을 거라고 생각하진 않았겠지? 그 정도 값은 받아야지."

로렌의 기쁘다는 말에 탈란델도 안심한 건지 그런 뻔뻔한 소릴 했다.

총체적 난국이었다.

로렌은 스칼렛에게 보이지 않는 각도로 탈란델에게 굳은 얼굴을 보여주었다. 탈란델은 그제야 로렌이 스칼렛을 달래기 위해 일부러 그런 말을 했다는 걸 뒤늦게 눈치챈 건지, 급히 이렇게 이어 말했다.

"이 아가씨에게도 금강의 격을 전수하지!"

스칼렛에게도! 그제야 로렌의 표정이 좀 풀렸다.

"그게 그렇게 간단히 배울 수 있는 건가?"

"원래는 안 되지만, 이 아가씨에게 축적되어 있는 각인의 힘이 꽤 커서 속성으로 가르쳐 줄 수 있을 것 같네."

스칼렛은 아직 이심의 격에 이르지는 못했지만 평기사보다는 높은 공력을 지니고 있었다. 공력이 곧 각인의 힘이니, 스칼렛은 금강의 격을 배울 수 있는 최저 조건을 갖춘 셈이 된 것 같았다.

"스칼렛, 네가 로렌에게 금강의 격을 가르쳐 줄 수 있게 해 줄게. 어때?"

"좋아!"

뭘 상상한 건지 스칼렛은 확 밝아진 얼굴로 냉큼 고개를 끄덕였다.

'이 호구가!'

로렌은 지끈거리는 머리를 부여잡았다. 하지만 결과적으로 나쁜 거래는 아니게 되었던 데다, 이번 일에는 로렌 본인의 실책도 없지는 않았다. 그렇기에 결국 로렌도 고개를 끄덕였다.

이 거래가 끝나고 나면 스칼렛에게 사회성 교육이라도 시켜야겠다고 굳게 마음먹으며.

39장
신경지

이번 전쟁의 승리로 로렌이 얻어낸 이권은 실로 막대했다.

아무리 그래도 이렇게 잘 먹었는데, 리처드 남작에게 돼지 몇 마리 주고 입 닦기도 좀 꺼려졌다.

이번 전쟁의 제1공로자는 물론 발레리에 대공의 목을 날려 버린 로렌이지만, 두 번째를 꼽자면 리처드 남작이었다.

에드워드 백작이야 수면 아래에서는 자작령의 동맹으로서 활약해 주었지만, 수면 아래는 수면 아래일 뿐이다.

알고 보니 헨리 준자작령에서 나오려는 발레리에 대공의 별 동대를 막아 세워준 게 에드워드 백작이었고, 그 덕택에 자작령이 후방의 기습을 두려워하지 않고 싸울 수 있었다.

그래서 로렌은 비공식적으로나마 에드워드 백작에게 감사를 표하고 조공을 올렸다. 외부에서 볼 때 자작령의 영주가 백작령의 영주에게 조공을 보내는 건 조금도 이상한 일이 아니었으니 쓸 수 있는 방법이었다.

하지만 이 방법은 리처드 남작을 상대로는 쓸 수 없는 방법이다. 리처드 남작령은 자작령보다 작고 격이 낮기 때문이다. 거기다 리처드 남작이 에드워드 백작보다도 더 큰 활약을 해주었으니, 그 보답을 하는 데에는 골치가 아플 수밖에 없었다.

게다가 리처드 남작의 공적을 돼지로만 환산해서 주자면 바투르크의 돼지 평생 이용권이라도 줘야 할 판이었다. 아무리 그래도 자신의 기사인 바투르크를 조공용 돼지 생산자로 부려먹을 수는 없었다.

그러니 자작령은 이 전쟁의 승리로 얻어낸 다른 이권을 리처드 남작에게 양보하는 것이 옳았다. 에드워드 백작과 달리 리처드 남작은 동맹이고, 승전의 결실을 받기에 합당했다.

"뭐가 좋을까요?"

"아무리 그래도 본인한테 직접 묻나?"

"알아서 챙겨 드렸다가 노하시기라도 하면 큰일이니까요."

"남작 나부랭이가 자작 나리께 화가 난다고 해봤자."

"그러지 마시고요."

로렌은 리처드 남작의 말을 끊었다. 길게 해서 좋을 이야기가 아니었다. 실컷 놀림이나 당하고 끝날 이야기였기도 했고.

"뭐가 좋을까요?"

이야기는 처음으로 돌아갔다.

"소와 돼지."

리처드 남작은 꽤나 심플한 대답을 했다.

"그건 당연히 드리는 거고요."

"그럼… 너?"

리처드 남작은 로렌을 가리켰다. 로렌은 하하하, 웃었다.

"그건 너무 비싼데요."

"잘난 척하는 건가?"

"네."

로렌의 당당한 대답에 리처드 남작은 피식피식 웃었다. 로렌의 가치에 대해서는 반론할 생각이 없는 듯했다. 한참 생각하던 리처드 남작은 귀찮다는 듯 이렇게 내뱉었다.

"빚으로 달아두지."

"…그게 제일 무서운데요."

"그러니까 달아두자는 거야."

리처드 남작 본인조차 정작 뭘 원하느냐고 물었더니, 자신이 뭘 갖고 싶은지 모르는 눈치였다.

하기야 로렌도 이 리처드 남작이라는 남자에게 대체 뭘 줘야 할지 감도 잘 잡히지 않았다. 이 남자가 원하는 건 돈도 아니고 명예도 아니다. 그저 배불리 먹고 싸우러 나가서 적장의 머리를 깨부수는 것만이 인생의 전부인 것처럼 굴었다.

그걸 위한 전제 조건으로 더 강해지길 원하기야 하겠지만, 그런 건 로렌이 어떻게 해줄 수 있는 게 아니다. 로렌도 리처드 남작과 같은 벽을 뛰어넘지 못한 채니까. 물론 리처드 남작은 로렌보다도 먼저, 한 번 더 탈각의 경지를 열었으니 같은 벽이라는 건 좀 어폐가 있다.

"그러고 보니 네게 아보가르도류 기사도를 가르쳐 주겠다고 약속한 적이 있었지."

밥 한번 먹자고 한 약속을 상기해 내기라도 하듯, 리처드 남작은 가벼운 어투로 말했다. 누군가에게는 목숨보다도 중요한 기사의 비의가 밥 한 끼 정도의 무게감으로 느껴지는 것에 로렌은 잠깐 전율했다.

"그랬었죠."

"그거 좀 뒤로 미루자."

밥은 다음에 먹자. 그런 느낌이었다.

"왜죠?"

"이번 전투에서 힌트를 좀 얻은 것 같거든."

"힌트요?"

"그래. 잘만 하면 새로운 경지에 이를 것 같아."

로렌은 입을 쩍 벌렸다.

'새로운 경지라고? 여기서 더 강해진단 말인가?'

이 괴물이 더 강해지면 어떤 괴물이 될까. 보고 싶기도 하지만, 어�째선지 보는 게 좀 두려워질 것 같기도 했다.

게다가 이건 로렌의 책임이었다. 본래 리처드 남작의 운명은 발레리에 대공을 죽인 후 끝났어야 할 터였다. 그걸 살아남게 바꿔두었으니, 앞으로 리처드 남작의 행보가 역사를 바꾼다면 그 책임은 로렌이 고스란히 받아내야 했다.

예를 들어 리처드 남작이 보여준 새로운 경지 탓에 기사가 마법사보다 더 강해진다거나.

충분히 일어날 수 있는 일이라는 게 더 두려웠다.

그런 일이 실제로 일어나면 앞으로 역사가 얼마나 더 요동칠까?

로렌은 두려움에 떨었다.

"그러니까 로렌, 내가 좀 더 강해진 뒤에 다시 보자고."

로렌의 공포를 아는지 모르는지, 리처드 남작은 자신이 무슨 로렌의 라이벌인 것 같은 소릴 하며 씨익 웃었다.

*   *   *

"하긴 상관없지. 이번엔 내가 한길만 팔 것도 아니고."

마법만 배울 거면 전생 회귀의 주문 같은 건 외우지도 않았다. 리처드 남작이 더 강해져서 새로운 경지를 열게 되고, 리처드 남작에게서 그걸 배울 수 있다면야 로렌 개인에게는 그게 더 좋은 일이 될 터였다.

그리고 새로운 힌트를 얻게 된 건 리처드 남작뿐만이 아니었다. 로렌은 한 가지 실험을 한번 해볼 생각이었다.

대마법사였던 로렌 하트조차도 시도해 보지 못한 새로운 경지에의 도전이었다. 이 시도가 성공한다면 역사를 바꿔놓는 건 리처드 남작뿐만이 아니게 된다.

"전신에 고루 퍼져 있던 공력이 이심이라는 새로운 기관이 생기면서 응축되기 시작했어. 그리고 응축된 공력에는 중력이라도 생긴 것처럼 흩어졌던 공력을 다시 모아들이지."

로렌이 세운 건 하나의 가설이었다.

"만약 마력으로도 같은 일이 가능하다면?"

현대의 마법은 배움에서 마력을 얻는다. 이렇게 얻어낸 마력을 마법 서킷에 밀어 넣어 마법이라는 현상을 일으킨다.

이렇게 사용된 마력은 그 자리에서 흩어져 버린다. 다시 모아들이기 위해서는 명상이라는 과정을 거쳐야 한다. 그것도 사용한 마력 전부를 되찾을 수 있는 것도 아니다. 되찾을 수 있는 마력은 어디까지나 일부뿐이다.

그래서 마법사들은 새로운 배움을 끊임없이 찾아다녀야 했다. 사용했던 마력을 되찾는 것보다 뭔가를 새로 배워서 마력을 채워 넣는 것이 더 효율적이기 때문이다.

하지만 이것도 녹록치 않을 때가 많다. 항상 새로운 걸 가르쳐 줄 스승이 곁에 있는 것도 아닐뿐더러, 새로 읽을 책 한 권을 찾는 것도 힘들 때가 있다. 다소 비효율적일지언정, 괜히 명상이라는 방법이 남아 있는 게 아니다.

그런데 만약 로렌이 세운 가설이 증명된다면?

"더 이상 새로운 배움을 찾아다니지 않아도 될지도 모르지."

이심의 경지를 연 로렌은 한 줌의 공력을 쌓자고 검을 휘두를 필요가 없다. 숨만 쉬어도 공력이 회복되는데 왜 힘들게 체력을 낭비하겠는가? 그래도 운동에 취미가 붙어 습관처럼 검술을 연습하긴 하지만, 예전처럼 필사적으로 하진 않는다.

마법에도 같은 경지가 존재한다면 어떨까? 마력을 얻자고 희귀본 한 권을 더 사기 위해 돈을 낭비하거나 스승을 구하러 고개를 조아릴 필요가 없어질지도 모른다.

마법이라는 능력의 패러다임이 바뀌어 버릴 경지인 것이다.

"자, 그럼 한번 해볼까?"

로렌은 가부좌를 틀고 앉았다. 그동인 쌓아온 배움에서 마력을 추출하려는 것이다.

＊　　　　　＊　　　　　＊

"안 되는군."

대량의 마력을 마법 서킷이 아닌 신체에 회전시키며 마력이
모이는 곳을 찾아보려고 시도했지만 실패했다. 이 시도만을
위해서 마력을 절반 정도나 소모해 버렸으니 손해가 막심했
다.

그럼에도 로렌은 크게 신경 쓰지 않았다. 아직 마력을 추출
할 수 있는 배움은 많았으니까. 만약 정말로 상황이 급해지면
라핀젤에게 부탁하면 된다. 엘리시온의 경이 파편을 이용하면
마력을 회복시킬 수 있으니까.

"신체가 아닌 건가?"

로렌이 이 가설을 수립하게 된 건 공력으로 탈각의 경지에
오르면서 마법의 경지 또한 같이 올랐기 때문이기도 했다.

그래서 로렌은 공력을 회전시키는 기법 그대로 마력을 회전
시켰다. 신체의 각부 근육에 마력을 보내고 되돌리는 것을 반
복했지만, 공력과는 달리 아무런 반응도 얻어내지 못했다.

로렌은 다시 가부좌를 틀고 마력을 추출하기 시작했다.

다음 순간.

"…웃!"

로렌은 놀라서 가부좌를 풀어버렸다.

"뭐야?"

놀라서 그런 혼잣말을 할 정도의 마력이 갑자기 뿜어져 나왔기 때문이었다.

"…설마……."

로렌은 조심조심 다시 가부좌를 틀었다.

이번에는 가부좌를 바로 풀지는 않았다. 어느 정도 심적인 대비가 되어 있었기 때문이었다. 하지만 놀라움은 가시지 않았다.

한 차례 추출을 해낸 후, 로렌은 깊은 한숨을 몰아 내쉬었다.

"빠른 길을 내버려 두고 먼 길을 돌아온 것 같은 기분이로군."

로렌이 마력을 추출할 땐 오래된 배움에서부터 추출한다. 별다른 이유가 있는 게 아니라, 그냥 습관이었다.

그래서 상대적으로 비교적 최근에 얻은 배움인 기사도에는 손을 대지 않은 채였다.

그리고 방금 마력을 추출한 배움은 리히텐베르크류 기사도 검술이었다.

덕분에 깨닫는 게 조금 늦었다.

기사도에서 추출된 마력은 막대했다.

배움의 성격에 따라 추출되는 마력의 실과 양이 조금씩 달라지기는 하지만, 이 정도로 극적인 차이를 보이는 건 마법에 관련된 배움 정도였다. 그런데 기사도 검술에서 추출된 마력의 질과 양은 마법에 관련된 배움에 결코 밀리지 않았다.

마법이야말로 지고의 능력이라 믿었던 로렌 하트는 기사나 공력에 관한 배움에는 별 관심을 갖지 않았다. 아니, 오히려 적극적으로 외면하기까지 했다. 그러니 기사도에 관련된 배움에서 마력을 추출하는 건 이번이 처음이었다.

빠른 길을 내버려 두고 먼 길을 돌아왔다는 건 그런 의미였다.

만약 로렌 하트가 쓸데없는 편견을 버리고 기사의 비의를 배웠다면 더욱 빠르게 대마법사의 경지에 오를 수 있었을 테니까.

"뭐, 늦었다고 생각할 때가 가장 이르다란 말도 있으니까."

로렌은 지구의 격언을 떠올렸다. 어쨌든 이 정도로 막대한 마력이라면 실험을 몇 번이고 더 해볼 수 있었다.

'아니, 잠깐만.'

그 순간 또 다른 가설이 떠올랐다.

'…위험한데.'

만약 이 가설이 틀리면 로렌은 방금 전의 실험에서 입은 손해의 몇 배를 더 손해 보게 된다. 아니, 최악의 경우 다시는 마법을 사용하지 못하는 몸이 되어버릴 수도 있었다.

그러나 그는 곧 고개를 저었다.

로렌 하트였다면 이런 시도는 절대 못 할 테지만 로렌은 다르다. 지금 그가 지니고 있는 힘은 마법뿐만이 아니다. 결코 낮지 않은 기사로서의 경지에, 각인기예까지도 익혔다. 지금의 그는 마법 하나 못 쓰게 된다고 쉽게 무력해지지 않는다.

몇 번 심호흡을 해 마음을 가다듬은 로렌은 각오를 굳혔다.

"해보자!"

로렌은 다시 가부좌를 틀고 앉았다.

＊　　　　＊　　　　＊

로렌이 새로 해낸 발상은 꽤나 극단적이었다.

마력을 한계 너머까지 끌어낸다.

마법사에게는 금기에 가까운 행위였다.

마력은 마법사에게 있어 힘의 근원이다. 단번에 큰 마력을 운용할수록 강력한 주문을 사용할 수 있게 되는 마법의 성질이 마법사로 하여금 금기에도 손을 뻗게 만든다.

하지만 지나친 힘은 몸을 망치게 마련이다. 자신의 실력에 걸맞지 않은 마력의 축적은 금기를 저지른 마법사를 그 오래된 격언에 딱 맞는 최후로 인도한다.

마력의 폭주에 의해 모든 마법 서킷이 파괴되고, 영원히 마법을 사용할 수 없는 몸이 된다.

이렇게 치명적인 부작용이 따름에도 금기를 어기는 마법사는 많았다. 마법사만큼 큰 힘에 대한 욕망이 많은 자들도 없기 때문이다.

그리고 그 숫자는 그대로 비참한 최후를 맞은 마법사의 숫자가 되었다. 적어도 기록에 남은 자들은 전원 예외 없이 마법을 잃었다.

로렌은 그걸 직접 목격한 적도 있다. 지금은 아니지만. 지난 생의 궁정 마법사 시절, 로렌 하트의 라이벌들이 금기를 범했었다. 그를 이기고자 하는 일념으로 무리수를 둔 것이었다.

지난 생의 로렌 하트는 자신보다 먼저 위험한 시도를 한 라이벌들을 존경하고 또 그들에게 감사했다. 그 덕에 자신이 파멸하지 않을 수 있었으니까. 물론 마법을 잃은 무모한 그들을 해고한 것도 그였다.

그런데 지금 로렌이 되어서 무모했던 그들과 같은 시도를 하게 되다니. 로렌은 비어져 나오는 헛웃음을 참았다. 그래도 로렌은 과거의 실패자들과 달리, 아무 근거 없이 아무렇게나 금기를 범하는 건 아니었다.

로렌이 이러한 시도를 해보는 근거는 몇 가지가 있었는데, 가장 큰 근거는 그가 이심의 경지와 탈각의 경지를 열었을 때의 경험이었다.

기사도의 새로운 경지에 다다랐을 때, 로렌은 공력을 한계 이상으로 쌓았다. 정확히는 쌓으려고 해서 쌓은 게 아니라 스칼렛에게 공력을 보냈다가 되돌아오는 여파에 맞아 반강제적으로 경지를 열어젖힌 것이지만, 어쨌든 그 덕에 경지에 다다른 것은 틀림없었다.

그러니 답이 마력의 과충전에 있으리라고 생각하는 건 자연스러웠다.

문제는 위험성이 너무 높다는 것이었는데, 이것에 대해서도 어느 정도 상충하는 근거가 있기는 했다.

로렌은 지금의 연령대나 마법 수준에 비해 마력을 다루는 능력이 높은 편이다. 마력을 다루는 능력이 높다는 건 곧 마력 폭주로 인해 마법 서킷이 파괴당할 가능성이 다른 마법사에 비해서 낮다는 근거로 삼을 수 있었다.

로렌은 어느 정도 안정성이 확보된 수준에서 마력 과충전을 해볼 생각이었다.

그럼에도 마법 서킷은 잃지 않을지언정, 그간 모은 마력을 모두 잃어버릴 위험성은 여전했다. 이번 시도로 마법의 새로운 경지에 이르지 못하면 확실하게 그렇게 될 터였다. 그 정도의 위험성도 감수하지 않을 수는 없었다.

마력은 이미 한계까지 충전된 상태였다. 마법사라면 자신의 한계를 직감적으로 알아챌 수 있다. 로렌은 다시금 각오를 다지고, 마력 추출을 계속했다.

"…윽!"

로렌의 제어권에서 벗어난 마력이 그의 몸 밖으로 나와 일 렁이기 시작했다. 일부는 멋대로 로렌의 빈 마법 서킷에 스며 들었다. 로렌조차도 이런 경험은 처음이었다.

"…과연, 제어에서 벗어난 마력은 마법 서킷에 먼저 스며드 는군."

로렌은 마력을 필사적으로 제어해 마법 서킷에서 빼내고 마법 서킷을 닫았다.

다른 마법사들이 이 시도를 하다가 마법을 잃게 되는 원인 을 알게 되었기 때문이었다. 과충전되어 마법사의 제어에서 벗어난 마력이 멋대로 마법 서킷에 들어가 과열시키고 폭주시 키고 파괴에 이르도록 만들었기 때문이었으리라.

그러니 당분간 마법을 사용하지 못하게 되더라도 마법 서 킷부터 폐쇄하는 건 당연한 처치였다. 이 마법 서킷을 다시 열려면 꽤나 고생 좀 하겠지만, 최악의 상황에 비하자면 별것 도 아니었다.

휘오오오.

로렌이 마법 서킷을 닫아버리자, 갈 곳을 잃은 마력들은 더 욱 심하게 날뛰기 시작했다. 로렌의 집무실에 마력이 일으킨 소용돌이가 휘몰아치기 시작했다.

"오늘은 첫 경험을 많이 하게 되는군!"

로렌은 이를 악물고 마력을 놓치지 않기 위해 애썼다. 만약 이 소용돌이에 휘말려 마력의 제어권을 놓치게 되면, 한계 이상의 마력은 물론이고 기존의 마력조차 모두 로렌의 몸에서 빠져나가 사라져 버릴 것이 틀림없었다.

새로운 경지는 보이지도 않았다. 아무 힌트도 못 얻었다. 아무리 이 정도의 위험도는 감수하고 하는 짓이라지만 아직 아무것도 못 얻었는데 벌써 끝낼 생각은 없었다.

파아아아앗.

"흐으윽!"

다음으로 제어에서 벗어난 마력들이 공격하는 건 로렌의 몸이었다.

마력에는 질량도 없고 부피도 없다. 실체가 없기 때문이었다. 그것이 로렌이 아는 상식이었지만, 아무래도 틀린 모양이었다. 마력이 로렌의 신체를 휘감으며 일부는 찌부러뜨리고 일부는 부풀려 터뜨려 버리려고 시도하고 있었다. 신장이 풍선처럼 부풀어 올라 아랫배가 불룩 올라온 건 소름 끼치는 광경이었다.

로렌은 기겁해서 공력을 돌려 마력의 공격으로부터 자신을 방어했다. 그 탓에 집중이 약간 흩어져 제어에서 벗어난 마력의 양이 더 많이 늘어났다.

'죽을 뻔했어!'

다소의 위험성은 감수한다고 했지만 죽을 위험까지 각오한 건 아니었다. 신장이 부풀어 올라 빵 터져 버리면 회복 주문 조차 못 쓰고 죽어버릴 터였다. 그 전에 지금의 로렌은 마법 서킷을 닫아두었으니 사실 주문을 사용하지도 못한다. 공력이 없었으면 진짜 죽었다!

하지만 반대로 로렌은 어떤 확신을 얻었다.

로렌과 같은 시도를 했던 로렌 하트의 라이벌 중, 죽은 자는 없었다. 이런 시도를 한 적은 없었다는 이야기다. 하기야 마법 수련과 기사도 수련을 동시에 하는 자도 드물기는 할 것이다. 아예 없을지도 모르고.

로렌은 지금 미답의 영역에 있었다. 그것이 그가 새로 얻은 확신이었다.

그렇다면 답도 여기에 있을 가능성이 높았다.

현대 마법사에게는 기사와 같이 어느 어떤 영역에 이르렀다는 식의 분류는 없다. 그저 다룰 수 있는 주문의 수, 마법 서킷의 수와 마력의 크기만이 마법사의 수준을 가르는 기준이 된다.

만약 새로운 경지를 열어젖혔다는 마법사가 나타났다면, 로렌 하트가 아닌 그가 대마법사가 될 터였다. 그리고 그런 자는 로렌이 아는 한 나타난 적이 없다.

그러니 '경지에 오른다'는 개념 또한 미답의 영역에 있을 터였다.

로렌은 마력을 계속해서 추출했다. 무모한 시도였지만 답이 여기 있을지도 모르는데 여기서 멈출 수는 없었다.

'…기사도의 배움은 정말로 대단하군.'

아무리 추출해도 마력이 계속 나온다! 무한정 나오지는 않겠지만, 수준 높은 기사도의 배움은 수준이 낮은 마법의 배움보다도 효율이 좋았다. 이것도 오늘 새로 깨닫게 된 정보 중 하나였다.

그건 그렇다 치고, 마력의 크기가 계속 커지니 제어에서 벗어난 마력의 공격도 한층 가열차졌다. 이제는 바늘처럼 뾰족해진 마력이 로렌의 피부를 뚫어버리려는 시도를 하고 있었다. 그것도 몸 안팎에서!

로렌은 공력을 추가로 끌어내어 스스로의 몸을 보호했다.

와장창! 쿠당탕!

집무실 안에 휘몰아치는 마력은 이미 폭풍이라 불러도 될 수준이 되어 있었다. 집기가 부서지고 가구가 넘어진다.

폭풍을 타고 날아온 펜이 로렌의 뺨을 푹 찔렀다. 공력으로 막아냈기에 상처를 입지는 않았지만, 위협적이었다. 더 최악인 건 이걸로 끝일 리는 없다는 점이었다.

'시서 고생하는 건가?'

아직도 새로운 경지에 대한 힌트는 얻지 못했다. 아무런 깨달음도 찾아오지 않았다.

로렌은 더 많은 마력을 추출했다.

몸 주변의 마력은 둔기처럼 로렌의 몸을 때려대기도 했고, 칼처럼 날카롭게 로렌의 몸 안팎을 헤집기도 했다. 집무실 안을 휘몰아치는 마력은 열기를 머금었고, 전하(電荷)를 띠기 시작했다. 오늘 알게 된 사실만으로도 논문 하나를 써낼 수 있을 정도로 흥미로운 현상들이었다.

쿠고고고고.

로렌은 이심에 쌓인 공력을 다 끌어내 몸을 보호하고 있었다. 솔직히 이 이상은 정말로 위험했다. 이대로 공력이 소진된다면 로렌은 마력의 공격에 확실하게 목숨을 잃게 될 터였다.

화르륵.

서류에 불이 붙었다. 종이의 발화점이 몇 도더라. 로렌은 굳이 떠올리려 애쓰지 않았다.

'이렇게까지 했는데 아무 힌트도 못 얻다니!'

지금 그만두면 목숨은 붙여놓을 수 있다. 비록 이 방대한 마력은 다 잃고 당분간 마법을 사용하지 못하게 되는데다, 공력을 다시 채워 넣는데 시간과 노력을 낭비하게 되겠지만 목숨보다야 중요하겠는가.

이 방법은 아니었다. 그렇게 생각한 로렌이 체념을 하려 할 때였다.

어떤 번뜩임이 로렌의 뇌리를 스치고 지나갔다.

쾅!

로렌의 집무실에서 폭발이 일어났다.

    *   *   *

"뭐야! 로렌! 로렌!"

라푼젤이 놀라서 영주 집무실에서 뛰어나왔다.

"무슨 일이야?! 뭐가 폭발한 거야!?"

옆방인 집정관 집무실에서도 레윈이 뛰쳐나와 곧장 달리기 시작했다.

이미 로렌은 여러 번 암살 위협을 당한 적이 있었다. 그 모든 시도는 로렌이 대공령에 머물 때 이뤄진 거였고, 로렌은 웃으면서 암살자를 사로잡아 고문하고 배후를 캐 조직째로 뿌리를 뽑아버렸다.

하지만 그렇다고 로렌이 모든 암살 시도를 혼자서 모조리 무위로 돌릴 수 있다는 이야기는 아니다. 그렇기에 라푼젤과 레윈은 만약을 위해 로렌과 가까운 곳에 머물고 있었다. 만약의 일이 생기면 엘리시온의 경이와 회복 주문을 통해 위기를 극복할 수 있을 테니.

물론 이건 그들을 위한 조치이기도 했다. 이제까지는 모든 암살 위협을 로렌이 받아야 했지만, 지속적인 암살 실패로 그 타겟이 라핀젤로 옮겨갈 가능성이 전혀 없지는 않았으니까.

어쨌든 그동안의 경험 때문에 레윈은 이게 암살 시도일 가능성이 높다고 생각하고 있었다.

더군다나 이 폭음.

'자작령의 심장부에 마법사 암살자를 보내다니!'

레윈이 이렇게 생각해도 이상하지 않은 상황이었다.

그러니 얼마나 황당했겠는가.

폭발로 인해 초토화된 제1비서관 집무실에 로렌이 멀쩡하게 서 있는 걸 봤을 때.

"…로렌?"

그런데 로렌의 상태가 심상치 않았다.

"후후후, 하하하! 후하하하하하!!"

폭발의 여파 때문일까, 불에 탄 건지 찢어진 건지 어쨌든 실오라기 하나 걸치지 않은 상태인 로렌이 그 자리에 멀쩡히 서서 웃음을 터뜨리고 있었다.

"…이게 무슨 상황이야?"

"꺅."

어리둥절한 상태인 레윈보다 약간 늦게 도착한 라핀젤은 로렌의 나신을 보고 놀라 짧은 비명과 함께 눈을 피하는 척을 했다.

나이야 아직 13살이지만 기사도에서 말하는 탈각의 경지인
지 뭔지로 인해 10대 후반의 모습을 취한 로렌의 홀딱 벗은
모습이 아가씨의 교육에 좋지 않다고 생각한 레윈은 로렌에게
조심스럽게 다가가 자신의 망토를 벗어 몸을 가려주었다.

"아, 고맙습니다."

로렌이 감사 인사를 하며 레윈의 망토를 냉큼 받아 입었다.

"…너 제정신이었어?"

미쳐 버린 것같이 껄껄껄 웃고 있기에 정신 줄을 놓은 게
아닐까 생각하던 레윈은 정작 로렌이 멀쩡하게 감사 인사를
하자 완전히 반대 의미로 어이가 없어져 그렇게 물었다.

"이르렀어요."

그런데 돌아온 대답이 좀 이상하다.

"이르렀다니?"

"새로운 경지에."

"경지?"

마법사와는 영 거리가 있는 단어가 나오자, 레윈은 로렌이
기사로서 새로운 경지에 올랐다고 반사적으로 생각해 버리고
말았다.

"아, 그렇군. 축하해."

"감사합니다. 하하하하!"

그러나 로렌은 레윈의 축하를 받고 다시 제자리에 서서 웃

기 시작했다. 혼란스러운 상황이었지만, 레윈은 어쨌든 로렌이
좋아하니 좋은 거라 생각하며 어깨를 두들겨 주었다. 그동안
라핀젤은 로렌의 알몸을 가린 레윈에게 비난의 시선을 쏘아
보내고 있었다.

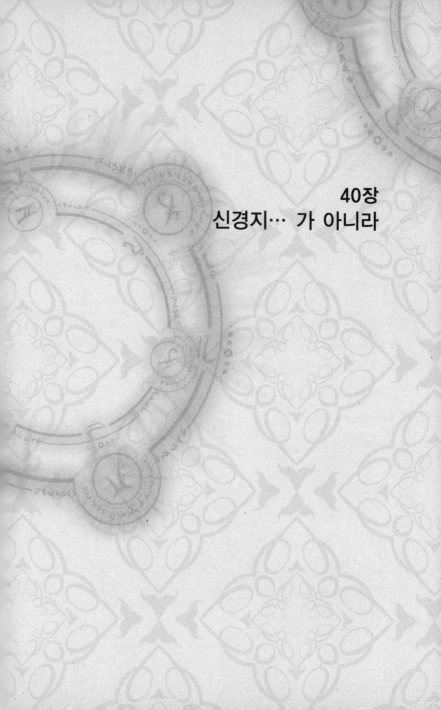

40장
신경지… 가 아니라

로렌이 아는 한, 자신이 도달한 경지에 마법사로서 도달한 자는 아직 없었다. 로렌 하트의 시절과 현생 로렌의 시대를 통틀어서 마찬가지였다.

　그러므로 로렌은 이 미답의 영역을 가리킬 단어를 직접 창조해 내야 했다. 별의 이름을 붙일 권리가 발견자에게 돌아가듯, 이 또한 당연한 권리이자 의무였다.

　"뭐라고 이름을 붙이지?"

　로렌은 경지라는 단어가 지나치게 기사 쪽 뉘앙스라는 걸 일단 인정해야 했다. 레윈의 반응이 로렌으로 하여금 그 사실을 깨닫게 만들어주었다.

그러니 경지라는 단어도 쓸 수 없었다. 뭔가 다른 단어를
써야 했다.

한참을 끙끙거리던 로렌의 입에서 웃음이 터져 나왔다.

"이거 이름 짓겠다고 이렇게 고민을 하다니."

로렌은 혼자서 킬킬대었다.

사실 요즘 그는 너무 자주 웃는다. 누가 지나가다 옆에서
손가락으로 찌르기만 해도 웃을 기세였다. 그만큼 기분이 좋
았다.

그야 그렇다. 로렌은 마법사로서 완전히 새로운 영역을 개
척했다. 대마법사 로렌 하트조차도 이르지 못한 새로운 영역
에 도달하게 된 것이다.

즉, 로렌은 전생의 자신을 뛰어넘었다. 로렌 하트의 유산을
받아먹기만 하는 것이 아니라, 로렌이라는 새로운 존재로서
자신의 가치를 발견하게 되었다.

그것도 마법이라는 자신의 전공 분야에서!

이게 기분이 좋지 않을 도리가 없었다.

"그건 그거고."

로렌은 다시금 마음을 다잡았다.

"다시 이름 지어야지."

그는 다시 끙끙대기 시작했다.

　　　　　*　　　　　*　　　　　*

마법사로서 마력을 제어하려 드는 건 당연한 일이었다.

마력을 제어해서 마법 서킷에 균등하게 마력을 흘려 넣는 것이 안정적인 주문을 만들어내기 위한 기본 기술이다. 마력이 날뛰도록 내버려 두면 주문은 엉망이 되고 마력은 낭비된다. 마력은 한정된 자원이니 조금이라도 더 효율적으로 사용하는 기술이 중요해질 수밖에 없다.

그러니 마법사들은 효율성을 위해서라도 단 한 톨의 마력도 열외 없이 자신의 제어권 안에 두려고 한다.

로렌 또한 그런 마법사 중 하나였다.

폭주한 마력이 마법 서킷으로 가장 먼저 향하는 것은 그러한 마법사의 속성에 기인했던 것이 컸다.

의식적으로 제어할 수 있는 부분은 마음대로 제어하지만, 그것이 불가능한 부분은 무의식적으로 마법 서킷에 집어넣으려 든다. 마력을 남김없이 마법 서킷으로 집어넣어야 낭비가 없으므로.

뛰어난 마법사의 버릇이나 조건반사 같은 것이다.

그런데 이번 시도에서 로렌은 무의식으로조차 제어할 수 없을 정도로 거대한 마력을 단번에 추출해 냈다. 그리고 마법 서킷을 닫아 무의식적인 제어도 불가능하게 만들어 버렸다. 어떤 의미에서는 자충수였던 셈이다.

그 자충수가 깨달음으로 이어지는 지름길이 되었을 줄이야.

마력은 단순한 힘이 아니다. 물이 아래로 흐르는 것과 같이 마력 또한 어떠한 지향성을 갖고 움직인다.

로렌은 그것을 몰랐다. 그렇기에 마력이 어딘가로 달아나려는 것을 막고 제어하려 노력했을 따름이었다. 이제까지 그래 왔듯이 아무런 의심도 품지 않고 하던 대로 했다.

그러자 마력은 로렌에게 반항했다. 마법사의 마력이 주인을 공격하는 일이 일어난 것이었다. 공력을 돌려 몸을 지키지 않았더라면 로렌은 마력에게 살해당했을지도 모른다.

그것은 돌을 머리 위로 던져 올리는 행동과도 닮았다. 중력이라는 법칙을 모르기에 할 수 있는 어리석은 행동. 로렌도 마력이라는 힘의 법칙을 몰랐기에 그러한 우를 범했다.

로렌이 자신의 우행을 깨달은 직후에 일어난 폭발은 머리 위에 던져 올린 돌이 머리로 떨어진 것으로 비유할 수 있겠다. 그 폭발에서 자신의 몸을 보호하기 위해 로렌은 모아두었던 공력을 모조리 사용해야만 했다.

하지만 로렌은 아무런 불만이 없었다. 얻은 것이 그만큼 컸으므로.

"별의 영역(Astrosphere)."

로렌은 자신이 새롭게 도달한 마법의 영역을 그렇게 이름 지었다.

로렌이 김진우로서 지구에 있을 시절, 그리고 아직 로렌 하트로서의 기억과 자아를 되찾지 못했던 시절, 그는 마법이라는 힘에 심취하여 환상 소설이나 오컬트 서적을 탐독한 적이 있었다.

그런 서적에 따르면 물질계와 영계(靈界) 사이에 아스트랄계(Astral Plane)라는 곳이 존재한다고 한다. 별의 영역이라는 명칭은 거기서 따왔다. 아스트랄이 '별(星)의'라는 뜻을 지닌 접두어니, 별의 영역은 그 뒤에 영역이라는 단어를 붙여서 지은 조어(造語)이다.

아스트랄계니 뭐니 하는 세계가 진짜 존재하는지에 대해서는 로렌도 모른다. 그저 명칭만을 따왔을 뿐이니까.

로렌이 마력의 제어권을 놓아버리자, 마력은 로렌의 주변을 크게 폭발시킨 후 가고자 하는 곳으로 갔다. 모든 마력을 잃어버릴 각오를 하고 한 짓이었으나 그 결과는 의외였다. 제어권에서 벗어난 마력은 로렌의 몸에 들러붙었으니까.

그것은 기이한 감각이었다. 마치 자신의 몸에 그림자가 하나 더 생겼다는 느낌이었다. 빛이 비치면 지면에 늘어지는 평범한 그림자와 달리, 이 그림자는 로렌의 몸에 겹쳐져 있다.

그림자의 모습을 눈으로 확인할 수는 없으나, 마력을 더듬을 줄 아는 자라면 어렴풋이 그 존재감을 느낄 수 있을 것이다. 이 그림자는 마력으로 이루어져 있으니까.

이 마력으로 이루어진 그림자의 이름을 로렌은 별의 몸(Astral Body)이라 이름 지었다. 오컬트에서 말하는 아스트랄 바디와는 명백히 다른 것이나 뭐 어떠랴. 이 세계에는 지구의 오컬트가 없는데. 로렌이 혼자 쓰고 부를 명칭일 뿐이다.

별의 몸을 얻고 나자, 로렌은 대마법사 시절에도 깨닫지 못했던 것들을 알게 되었다.

흔히 마법 서킷이라 부르는 것은 별의 몸을 의식적으로 움직이기 위한 도구였다. 굳이 육체에 빗대어 말하자면 별의 몸에서 핏줄에 해당하는 것이 마법 서킷이었다. 혈액에 해당하는 마력을 핏줄에 흘려보내 별의 몸을 움직인다. 그 움직임의 결과물이 마법이었다.

별의 영역에 이르러 이걸 깨달으면서 로렌이 새로 할 수 있게 된 것이 이것이다.

별의 몸으로 돌을 집어던질 수 있게 되었다.

이걸 기존의 마법사처럼 표현하자면, 마법 화살의 즉시 시전이다. 본래라면 마법 서킷을 구성해 다섯 배의 마력을 주입하는 과정을 거쳐야 하는 주문을 그냥 그러자고 생각하는 것만으로도 할 수 있게 된 것이다.

이보다 더 상위의 주문은 여전히 마법 서킷의 힘을 빌려야 하지만, 별의 몸을 움직이는 데 익숙해지면 더 복잡한 주문도 마법 서킷의 도움 없이 마음대로 구현할 수 있게 되리라.

왜 육체의 성장이 마법의 성장으로 이어져 있었는지도 깨닫게 되었다. 육체와 별의 몸은 별개의 것이 아니었다. 별의 몸은 또 하나의 몸인 동시에 같은 몸이기도 했다. 육신을 강건하게 만들면 별의 몸 또한 강건해진다.

로렌의 경우에는 탈각의 경지에 이르러 육신이 더할 나위 없이 강건해졌으니, 별의 몸 또한 그만큼 강건해져 더 강력한 주문을 사용해도 충분히 버틸 수 있게 된 것이다.

"제자들한테 운동 더 열심히 하라고 해야겠군."

마지막으로 별의 영역에 이름으로써 얻은 가장 큰 혜택은 마력의 자동 회복이었다.

기사도로 치자면 이심이 멋대로 공력을 모아들이는 것처럼 별의 몸도 별의 영역에서 멋대로 마력을 모아들인다. 별의 몸을 구성시킬 수 있을 정도로 거대한 마력을 모아 넣었더니 생긴 혜택이다. 그것은 작은 돌에는 인력이 발생하지 않지만, 지구 정도로 커지면 인력을 발생시키는 것과 같았다.

어쨌든 이로써 마력을 아껴가며 찔끔찔끔 마법을 사용할 이유가 없어졌다. 아니, 오히려 예전보다 더 마력을 적극적으로 소모할 필요가 생겼다. 육체를 발달시키기 위해 운동하는 것과 같은 개념으로 지속적으로 마법을 사용하면 별의 몸도

발달시킬 수 있을 테니까.

"그럼 지금부터 당장 '운동'하러 가야겠군."

새로 얻은 힘을 사용하고 싶은 마음에 좀이 쑤셨다. 그리고 로렌은 그 충동을 참아야 할 이유를 찾지 못했다.

*　　　*　　　*

로렌이 앞으로 손짓을 하자, 오로지 그것만으로 마법 화살이 날아갔다. 아무리 해봐도 신기한 감각이었다. 마력 소모는 없다시피 하다.

"흐음."

생각하는 것만으로도 마법이 구현된다. 이것은 로렌이 익히 아는 마법사보다는 동화책에 나오는 마법사에 더 가까웠다.

손짓을 하는 것만으로도 손끝이 반짝반짝 빛나고, 불꽃이 피어오른다. 빛 마법, 발화 마법, 마법 화살보다도 더 쉬운 마법들이지만 마법 서킷을 구성해야 하기에 정통 마법사들은 잘 익히지 않는다. 마력도 무한하지 않기에 아무렇게나 사용할 수도 없다.

하지만 로렌은 달랐다. 물론 로렌 하트로서의 전생에 대마법사였기에 그랬던 것도 있지만, 지구가 위기에 빠지기 전의 김진우는 마법을 쇼맨십으로 자주 사용했다. 당시에는 마력이 부족할 일이 없다고 생각했기 때문이기도 했다.

전생 회귀 마법으로 돌아온 뒤로는 로렌도 마법을 아무렇게나 낭비하지는 못했다. 김진우 시절에 교훈을 얻었기 때문이다.

그런데 이제 일일이 마력을 아낄 필요가 사라졌다. 마력으로 구성된 별의 몸은 지금도 소모한 마력을 자동으로 다시 모아들이고 있었다. 게다가 별의 몸으로 '구현'하는 마법은 마법 서킷을 이용한 방법에 비해 마력 소모가 극적으로 줄어들었다.

그러니까 이런 것도 가능하다.

로렌은 앞으로 '도약'했다. 기존에는 도약 주문이라 부르던 그것이었다. 별의 몸으로 땅을 박차는 이미지였다.

"허헛!"

신이 나서 재차 도약, 계속해서 도약했다. 눈에 보이지 않는 계단을 딛듯, 로렌은 허공을 박차고 올라갔다.

"하하하!"

고공이라 부를 높이까지 올라간 뒤, 로렌은 크게 웃었다. 도약을 그만두었기에 그의 몸은 자유낙하하기 시작했다. 완강, 반대 주문도 마법 서킷 없이 구현하는 데 성공했다. 대지는 부드럽게 그의 몸을 받아 안았다. 낙하에 의한 충격은 완강 주문에 의해 없어졌다.

로렌은 별의 몸을 다루는 데 빠르게 익숙해지고 있었다.

이번에는 마법 서킷을 구성해 보았다. 기본적인 주문, 화염 폭발, 별의 몸을 얻기 전에 마법 화살을 구성하는 것 같은 감각으로, 간단하고 쉽게 구성이 된다.

숙련도가 오른 것이다. 마법 서킷을 다루는 숙련도 자체는 로렌 하트 시절 그대로였는데, 그보다 더 익숙하게 다룰 수 있게 되었다. 마법 서킷 자체가 별의 영역에 형성되기에, 별의 몸을 얻게 되면서 자신의 몸을 다루듯 마법 서킷을 다룰 수 있게 된 덕분이었다.

마법 서킷의 구성이 쉬워진 것뿐만 아니라, 마법 서킷 자체의 내구도도 크게 올라서 쉽게 과열이 되지 않는다. 다룰 수 있는 마법 서킷의 수는 여전히 세 개지만, 이 정도라면 분할 주문을 사용하는 감각으로 여섯 개인 것처럼 운용할 수 있겠다 싶었다.

시험 삼아 삼중 융합 주문인 폭발 주문 두 개를 동시에 장전해 보았다. 삼중 융합 분할 주문이라니, 로렌도 처음 해보는 짓이었다. 다소 약식이긴 하지만, 폭발 주문 두 개가 제대로 장전이 되었다.

콰광!

"말 그대로 두 배로 강해졌군."

구현된 두 발의 폭발 주문이 만들어낸 화구를 바라보며, 로렌은 스스로의 능력에 놀라 감탄했다.

약식이라고는 해도 사거리나 정확성이 약간 줄었을 뿐, 위력은 그대로다. 게다가 이런 미친 짓을 했는데도 세 개의 마법 서킷은 아직 과열되지 않았다.

대마법사인 로렌 하트조차 다섯 개의 마법 서킷을 다루는 것이 한계였는데, 분할 주문이라는 편법을 사용했다고는 하지만 여섯 개에 해당하는 마법 서킷을 다룰 수 있게 되었으니 지금의 로렌은 로렌 하트 시절을 포함해 역대 최강의 마법사라 할 수 있었다.

여기에 마법 서킷 숙련도의 극적인 상승과 마력의 자연 회복을 더하면 두 배로 강해졌다는 말로도 모자라다.

"이거 도저히 겸손해질 수가 없겠는데?!"

솔직히 이 정도면 나르시스트가 될 만도 했다.

41장
궁정 마법사

요 3개월간 로렌 본인은 극적인 성장을 이뤘지만 구 발레리에 대공령, 즉 현 카탈루니아 대공령과 라푼젤 자작령에는 별다른 사건 없이 조용히 세월이 흘러가고 있었다.

그러나 그것은 수면 위의 모습일 뿐이었다. 수면 아래에서는 음모가 횡행하고 있었다.

"발레리에 대공령이 빈껍데기가 되어버린 모양이더군."

호화로운 의자에 앉은 남자가 말했다. 그 의자는 이 나라에서 가상 호화로운 의자였다.

"소식이 늦군요. 이제는 카탈루니아 대공령이에요."

맞은편에 앉은 여자가 대꾸했다. 그녀가 앉은 의자는 이 나라에서 두번째로 호화로운 의자였다.

"그런 허수아비 놈의 이름을 기억할 생각은 없어."

"아무리 그래도 설마 당신만큼 허수아비일까요?"

"아니, 딱 나만큼 허수아비더군."

여자의 비꼬아대는 말에도 남자는 큭큭 웃어넘겼다.

"대공이라는 직분도 이름뿐, 실권은 아무것도 없는 허수아비. 딱 나 같지 않은가? 응? 왕비 전하."

"정말 그렇네요. 왕이라는 직분도 이름뿐, 실권은 아무것도 없는 허수아비. 딱 당신 같네요, 국왕 폐하."

두 사람은 함께 웃었다.

남자의 이름은 다르키아 14세, 다르키아 왕국의 14대 국왕.

여자의 이름은 에르메스, 다르키아 왕국의 왕비.

다르키아 왕국은 입헌군주정이다.

입헌군주정이라 하면 말은 좋지만, 실상은 군주라는 단어가 무색할 정도다. 다르키아 왕국의 현 체제는 귀족들이 온갖 권모술수를 동원해 만들어낸 것으로, 왕을 완전히 허수아비로 만드는 데 전력을 다한 끝에 나온 작품이었다.

지방 영주들은 자신들의 영토에서 왕이나 다름없었고, 중앙정부의 발언권은 없다시피 했다. 오로지 왕도(王都) 다르키아넬이 중앙정부의 영향력이 미치는 유일한 영토였다.

그 중앙정부 행정관들의 임명권도 왕이 아닌 귀족들이 쥐고 있으니, 그 어떤 영향력도 행사할 수가 없었다.

상황이 이렇다 보니, 왕은 왕으로서 군림은 할지언정 누구에게도 지시나 명령 같은 걸 할 수 없었다.

아니, 사실 왕에게도 움직일 수 있는 기관이 딱 하나 있었다.

지금으로부터 수백 년 전에 다르키아 왕국도 엘리시온 왕국의 토벌전에 참여했고, 그때 만들어둔 장식 같은 기관이 바로 왕립 마법사청(廳)이었다.

장식 같은 기관이라는 평이 내려진 이유는 간단하다.

엘리시온 왕국을 멸망시킨 후 다른 인류 왕국들은 국제법을 통해 가장 유능한 마법사들이었던 로어 엘프들을 노예로 만들고 마법의 전수는커녕 엘프어의 교육조차 금지시켰는데, 마법사청에 제대로 된 인재가 들어올 리 없었고 무력이 쥐어질 리도 없었다.

그래서 귀족들도 마법사청마저 왕에게서 빼앗을 필요를 느끼지 못했고, 지금 이 순간까지 존속할 수 있었다.

현 국왕 다르키아 14세도 현실을 받아들여 모든 걸 체념하고 나라의 장식품으로서 호화로운 의자에 앉아 조용히 구경거리가 될 참이었다.

그런 때에 기이한 소식이 들려왔다.

라핀젤 자작이 발레리에 대공의 침략을 로어 엘프 마법사와 오크 기사의 힘으로 물리치고 오히려 막대한 배상금을 뜯어냈다고 하는 게 아닌가?

내심 아직 야망을 버리지 못한 다르키아 14세의 눈이 번뜩 뜨일 만한 소식이었다. 물론 그의 귀에 들어온 건 마법사라는 단어뿐이었다.

국왕의 몇 안 되는 실권 중 하나가 궁정 마법사 임명권이었다. 비록 딱 10장밖에 없는 임명권이지만 듣자하니 라핀젤 자작은 불과 14명의 마법사로 발레리에 대공을 물리쳤다고 한다. 그렇다면 10장도 적은 숫자는 아닌 것이다.

"이 10장을 모조리 라핀젤 자작에게 써야겠어."

다르키아 14세의 야망이 불타기 시작했다.

*　　　*　　　*

"일이 이렇게 될 줄이야."

로렌은 쓴웃음을 지었다. 그의 손에는 왕도 다르키아델에서 보내온 궁정 마법사 임명서가 들려 있었다.

예전 기준대로라면 100년 후에나 일어났어야 하는 일이 크게 바뀌어 지금 일어났다. 그런 느낌이었다. 원래는 로렌의 스승인 엔살라나가 먼저 궁정 마법사로 임명되어야 하건만. 아니, 이조차도 수십 년 후의 일이다.

지난 생의 로렌 하트를 궁정 마법사로 임명한 왕은 다르키아 16세였다는 점도 다르다.

현 왕인 다르키아 14세는 뭘 어떻게 한 건지 쥐도 새도 모르게 암살되어 버렸기에 별다른 기록이 남아 있지 않았다. 다르키아 15세가 무기력하게 왕위를 이어나가다 다르키아 16세 시대에 귀족이 몰락하고 마법사가 득세해서 궁정 마법사 신분이 꽤 고위직이 되었다.

그런데 그 암살되었다던 다르키아 14세가 로렌을 궁정 마법사로 불렀다.

"이건 좋은 걸까, 안 좋은 걸까?"

이미 역사의 변수가 너무 많이 생겨서 솔직히 잘 모르겠다는 것이 로렌의 생각이었다.

궁정 마법사로 임명되기만 해도 준귀족에 해당하는 신분을 손에 넣을 수 있다는 건 좋으나, 지금 시기의 궁정 마법사는 거의 명예직이나 다름없다. 더군다나 다르키아 14세는 곧 암살당할 왕이다. 왕의 죽음에 대한 책임을 뒤집어쓰고 죽을 수도 있는 위험한 자리이다.

정치, 경제, 사회, 문화 등 나라의 정책 전반을 중앙정부가 떠맡고 있는 현 체제 구조상, 마법이라는 모호한 분야만이 왕의 영역이다. 100년도 지나지 않아 곧 마법이 다른 모든 것을 압도하고 가장 중요한 분야가 되지만, 그건 나중 일이다.

어쨌든 지금이나 미래에나 궁정 마법사는 왕과 가장 가까운 자리이다. 즉, 왕에게 직언을 할 수 있는 자리라는 뜻이다.

왕이 아무것도 못한다는 말이 있고 왕 스스로도 그렇게 생각하는 경향이 있지만 사실 절대 그렇지 않다. 왕이 못하는 건 귀족들 '모두'가 반대하는 것뿐이다. 귀족들 사이에도 의견이 갈린다면, 왕이 힘을 실어주는 의견 쪽으로 기울게 마련이다.

실권이야 없을지언정, 지지하는 귀족에게 절대적인 명분을 줄 수 있는 게 왕이다.

다른 마법사라면 몰라도 대공령과 자작령의 실권을 쥔 로렌에게는 꽤나 탐나는 자리가 아닐 수 없었다. 무슨 일을 하더라도 왕이 편을 들어준다면 전쟁 위협부터 협상에 이르기까지 온갖 혜택을 다 받을 수 있을 테니까.

물론 이 과정에서 왕은 아무것도 못 얻겠지만 그거야 로렌이 알 바 아니다.

'아니지.'

왕은 로렌이라는 마법사의 봉사를 받을 수 있다. 이게 얼마나 큰 장점인가. 어마어마하게 큰 장점이다. 로렌은 스스로 그렇게 생각했다.

더군다나 왕은 라핀젤 자작령에서만 10명의 마법사를 뽑겠다고 했다. 궁정 마법사의 자리가 딱 열 자리이니, 사실상 로렌의 제자들로만 왕립 마법사청을 꽉 채울 수 있다는 소리다. 쓸데없는 내부 파벌 싸움으로 기력을 낭비할 필요가 없다.

'위험도 하지만 좋은 점도 많단 말이지.'

하이 리스크 하이 리턴이다.

어차피 궁정 마법사라 한들 딱히 업무가 많지도 않다. 자유 시간도 꽤 많고.

로렌이 세상을 누비면서 고고학 연구를 하고 다니던 때도 궁정 마법사 때였다. 궁정 마법사의 권한으로 꽤 편하게 다닌 기억이 난다. 아직 마법사의 지위가 어중간한 지금은 그때만큼의 권력 남용은 불가능하겠지만, 그래도 준귀족이니 어디 가서 괄시는 받지 않으리라.

하지만 이걸 자작령과 대공령의 업무를 봐가면서 병행이 가능할까에 대해서 생각하자면 문제가 약간 복잡해진다.

"에이, 뭐."

어차피 거부권은 없었다. 왕명이다. 어딜 감히 거부한단 말인가.

라핀젤 자작의 권한으로 거부권을 행사할 수야 있겠지만 괜히 다른 귀족들에게 명분을 줄 우려가 있었다. 안 그래도 대공령의 이권을 배 터지게 먹었다. 슬슬 핑계거리를 찾아다닐 때가 되었다.

이럴 때에 왕명으로 궁정 마법사가 될 수 있는 건 오히려 괜찮다.

아무리 이름뿐인 왕이라지만, 명분 하나만큼은 받쳐주는 자리다. 다 같이 몰려가서 쪼아댈 거라면 모를까, 쓸데없이 혼자 왕과 척지려 드는 귀족은 없다. 그러니 궁정 마법사를 10명이나 배출한 영지에 시비를 거는 것도 조금쯤은 저어하게 되리라.

"괜히 깊이 생각했네."

로렌은 임명장을 받아 들었다.

*　　　　*　　　　*

국왕 다르키아 14세는 베르테르, 샤를로테, 그리고 베르테르의 조원인 재뉴어리와 로렌이 로어 엘프 모습일 때의 이름인 디셈버를 지정해서 궁정 마법사로 임명했다. 혹시나 라핀젤 자작 측이 쭉정이 마법사만 내어줄까 봐 미리 손을 쓴 것이었다.

대신 다른 여섯 장의 임명장에는 이름이 적혀 있지 않았다. 이 여섯 명은 아무나 끼워 넣어도 상관없다는 의도가 담긴 조처였다.

"국왕 폐하께서도 나름 정보원을 두고 계신 모양이로군."

알베르트가 빠진 건 다소 손색이 있지만, 라핀젤 자작령에서 수위 급의 마법사만을 골라 궁정 마법사로 지정했다.

아니, 알베르트를 빠뜨린 건 일부러 한 짓일 터였다. 아무리 그래도 자작령의 마법사 주력을 전부 빼내는 건 지나친 처사다. 이런 명분으로 궁정 마법사 임명을 거부하기라도 하면 왕으로서도 면이 서질 않을 테니.

진실이야 어느 쪽이든 로렌은 같은 논리로 알베르트를 위로했다.

디셈버를 꼽은 건 꽤 날카로운 판단이라 할 수 있었다. 디셈버 한 사람이 다른 열네 명의 마법사 전부를 압도하는 실력을 지녔으니, 알베르트를 빼먹은 것 정도야 실수 축에도 들지 않았다.

더 말할 것도 없이 디셈버가 로렌 본인이지만, 최근 다소 나르시스트가 되어가는 경향이 있는 로렌은 자화자찬에 별 거리낌을 느끼지도 못했다.

'게다가 전부 사실이니까.'

어쨌든 나머지 여섯 명은 로렌이 꼽아야 했다. 그리고 로렌은 이 여섯 명에 알베르트를 넣을 생각이 없었다.

사실 별의 영역에 이르러 마법의 진리를 새로 깨달은 로렌은 내심 수제자로 알베르트를 꼽고 있었다. 육체적 능력의 성장이 마법에도 영향을 끼치니까. 후일 제자들도 별의 영역에 이를 때, 알베르트의 재능은 크게 빛을 발하리라.

그래서 로렌은 알베르트를 자작령에 남겨 영지를 지키게

할 셈이었다. 그에게는 검술의 재능이 있으므로 바투르크에게 부탁해 리히텐베르크류 기사도를 배우도록 해두었다.

육체적 성장이 느린 로어 엘프인 알베르트에게 너무 많은 걸 기대할 수는 없지만, 로어 엘프 중에서는 가장 가능성이 높은 것도 그였다. 이심의 경지에라도 오른다면 더 바랄 게 없었다. 그런 일이 일어난다면 로렌 다음으로 별의 영역에 오르는 건 알베르트가 될 터였다.

알베르트를 따라서 요즘 부쩍 검술에 관심이 많아진 베르테르조(組)의 셋째인 마치와 요즘 마법이 부쩍 늘어 샤를로테의 견제를 받기 시작해 괴로워하는 샤를로테조 첫째인 메이도 자작령에 남기기로 했다.

알베르트에게서 떨어지려고도 하지 않는 알베르트조 막내 노벰버도 영지에 남겼다. 이제 8살이 된 그녀다. 지나치게 주위 환경을 바꾸는 것도 교육에 좋지 않으리라.

"나머지 한 명은 누굴 남기지?"

베르테르, 샤를로테, 재뉴어리, 페브러리, 에이프릴, 준, 줄라이, 어거스트, 셉템버, 옥토버, 그리고 디셈버.

11명이었다. 마음 같아선 디셈버를 빼놓고 싶었지만 그는 왕이 직접 지명했으므로 빼놓을 수가 없다. 솔직히 제비를 뽑더라도 제자들은 로렌의 결정에 따르겠지만, 그래서 로렌 본인은 더더욱 섣부른 선택을 할 수 없다.

'어차피 지금 당장 내려야 할 결정도 아니니.'

로렌은 제자들과 한번 면담을 나눠보기로 했다. 그동안 대학에 집어넣고 공부만 시키느라 스승다운 일도 제대로 못 해주기도 했고. 물론 로렌은 여전히 자신의 판단이 옳다고 생각했지만, 꽤 오랫동안 직접 가르침을 주지 않은 것도 사실이었으니.

그리고 그 결과, 로렌은 베르테르조 둘째인 페브러리를 남기기로 했다. 왜냐하면 페브러리가 레원을 좋아한다는 사실을 알아냈기 때문이었다. 고작 12살 주제에 자신보다 수십 살씩 많은 레원에게 연심을 품는다는 게 신기하기도 하고 재미있기도 했지만, 로렌은 그녀의 선택을 존중했다.

"한번 잘 꼬셔봐."

로렌이 그렇게 응원해 주자, 페브러리의 눈이 야수처럼 빛났다.

그건 좀 무서웠다.

*　　　　*　　　　*

로렌은 제자들을 데리고 왕도 다르키아델로 향했다. 물론 그 자신의 모습도 명률법을 걸어 디셈버의 모습으로 바뀐 뒤였다.

로어 엘프 10명으로 이루어진 일행이다. 멸시의 시선은 기본이었고, 잡아서 노예로 팔겠다고 덤비는 자들마저 있었다.

불가촉천민이니 무시하고 못 본 척하는 자들이 더 많긴 했지만 말이다.

TV가 있는 것도 아니고 라디오가 있는 것도 아니다. 영주들 사이에서야 소식은 곧장 전해지지만 일반인들 사이에서는 그렇지도 않았다. 물론 발레리에 대공을 상대로 라푼젤 자작이 승리했다는 소문은 이미 파다했지만, 로렌 일행과 전쟁 영웅을 바로 결부시키지는 못했다.

그러니 용감하게도 마법사들에게 시비를 걸 수 있는 것이리라. 실제로 시비를 걸어오는 자들은 로렌 일행이 로어 엘프인 것만 알지 마법사인 건 몰랐다.

그 모든 시비와 위협을 로렌은 실력으로 찍어 눌렀다.

"폐하께서 우리를 궁정 마법사로 임명하셨다. 왕실의 부름을 받아 가는 길이다! 그런데 그 앞을 막다니, 왕실 모독죄다! 왕실 모독죄에 재판 같은 건 필요 없다! 사형!!"

찍어 눌렀다기보다는 그냥 죽였다. 안 죽일 이유가 없었다. 말이 시비지, 일행을 붙잡아서 노예로 팔겠다는 심보를 가진 자들을 상대로 자비심을 발휘할 필요가 없었다. 다만 로렌 일행이 너무 강해서 겉보기에 학살처럼 보이는 건 어쩔 수 없었다.

아무리 지구와 달리 왕과 귀족, 노예가 있는, 지구 기준으로 전근대적인 사회라지만 살인이 쉽게 용납되는 범죄는 아니었다. 원래대로라면, 그리고 원칙대로라면 바로 영주에게 끌려가 오히려 사형을 언도당할 위험도 있었다.

하지만 그런 일은 일어나지 않았다. 시시비비를 가려봤자 명분도 로렌 일행 쪽에 있었고, 그렇다고 무력으로 막아설 수 있는 것도 아니었다.

일반인들과 달리 영주들은 발레리에 대공과 라핀젤 자작 간의 전투에서 누가 어떤 활약을 했는지 잘 알고 있었다. 일반 병사들이나 용병대 따위로는 그들을 막아설 수 없다. 최소한 기사 정도는 써야 했다.

당연하게도 영주들은 굳이 귀한 기사를 동원해서까지 궁정 마법사들의 앞을 막아선 눈치 없는 무뢰배들을 보호해 주려는 시도는 하지 않았다.

다르키아델에 도착할 때쯤, 로렌 일행은 공포의 대상이 되어 있었다. 여로의 후반쯤 되어서는 시비를 거는 자들도 없어졌다. 일반인들 사이에서도 대공과 자작의 싸움에서 활약한 로어 엘프 마법사에 대한 소문이 제대로 퍼지기 시작했다.

*   *   *

다르키아 왕국의 궁전은 웅장하고 화려하다. 과거 왕권이 강했을 때의 흔적이라 할 수 있었다. 이 궁전을 짓는 것만으로도 국력이 휘청거렸으리란 건 익히 짐작할 수 있었다.

그러나 그 궁전의 안쪽은 휑하다. 본래 국왕 친위대가 의전을 겸하여 사열을 행하던 중앙 광장은 사람의 그림자도 보이지 않는다. 그나마 청소만은 매일 빠짐없이 행해 깨끗했는데, 그래서 더욱 비어 보이기도 했다.

문무대관이 죽 늘어서서 국왕을 기다려야 할 왕의 홀도 텅 비었다. 그들의 업무는 중앙정부로 이관되어 관인들도 옮겨갔다.

그저 약간의 호위 병력만이 궁전 군데군데에 자리 잡아 허함을 달래주고 있었다. 아니, 저 호위병들도 어쩌면 귀족들이 심어놓은 감시자일지도 모른다고 생각하면 오히려 더 스산하게만 보였다.

로렌은, 아니, 디셈버는 텅 빈 궁전을 휘적휘적 걸었다. 천한 로어 엘프인 그가 이 나라에서 가장 고귀한 장소를 활보하고 있건만, 그를 막아서는 사람은 없었다.

스승의 뒤를 제자들이 잔뜩 긴장한 표정으로 따랐다.

"허리를 펴라. 당당하게 걸어라. 자부심을 가져라. 우리는 국왕 폐하께서 직접 임명한 궁정 마법사다. 허리를 굽히는 건 국왕 폐하 앞에서만 해라."

로렌은 그렇게 말했다. 시선이 느껴졌다. 제자들의 시선은 아니었다. 벽 너머 잘 숨겨진 구멍으로 누군가가 이쪽을 보고 있었다. 로렌은 그 시선을 알아채지 못한 척했다.

'왕이 로어 엘프의 행렬을 훔쳐보다니.'

지난번에도 있었던 일이다. 그때는 다르키아 14세가 아니라 다르키아 16세였지만. 손자가 버릇을 할아버지에게 배웠나, 그런 생각을 하지는 않았다.

이 나라의 왕은 눈치를 보는 사람이다.

로렌을 일부러 걸음을 늦추고 제자들의 복장을 다시 한 번 다 제대로 점검해 주었다. 왕의 시선이 벽 너머에서 사라진 것을 느낀 후에나, 그는 다시 움직이기 시작했다.

* * *

왕의 홀에 들어서자, 왕좌에는 다르키아 14세가 당당한 모습으로 앉아 있었다.

보석과 귀금속으로 치장된 왕의 복색은 고색창연해서, 200년은 족히 되어 보였다. 관리는 잘된 건지 금속과 보석은 깨끗하게 닦여 반짝이고 있었지만, 천과 가죽의 노후화는 어쩔 수 없었는지 여기저기 고치고 덧댄 흔적이 보였다. 금실로 장식을 새겨 어떻게든 숨겨보려고 하는 시도가 눈에 띄는 게 한층 더 보는 사람으로 하여금 마음 아프게 만들고 있었다.

왕실이 왕국의 거의 대부분의 인류에게 존중받던 것도 옛날 일이다. 아마도 저 복색이 완성되기도 전의 일이리라. 화려

하지만 낡은 그 복색은 왕실의 빛바랜 옛 영광을 상징하는 것만 같았다.

"디셈버 외 9명, 신임 궁정 마도사 후보들입니다."

염소와 같은 인상의 내관이 왕에게 소곤거리듯 말했다. 로렌 일행이 이 궁전에 와서 본 내관이라고는 저 사람 하나뿐이었다. 탈의실에 들어와 로렌과 제자들의 복장을 봐주고 왕 앞에서 가르쳐야 할 예의를 가르쳐 준 것도 저 내관이었다.

"짐이 이 왕국에 군림하는 왕, 다르키아 14세다."

다르키아 14세는 짐짓 위엄 있는 목소리로 그렇게 말했다.

"마법사 디셈버가 폐하를 뵙사옵니다."

로렌은 익숙한 말투로 다르키아 14세의 말을 받았다. 제자들이 주저하며 로렌을 따라 말했다. 10명의 자기소개가 모두 끝나자, 다르키아 14세는 몇 초간 입을 다문 채 로렌 일행을 응시했다.

"그대가 디셈버로군. 소문은 많이 들었다. 라핀젤 자작이 그대를 중히 써 발레리에 대공과의 전쟁에서 승리했다지."

"황공하옵니다."

"황공할 게 무에 있겠나."

국왕은 쓰게 웃으며 말했다.

"짐은 그대를 궁정 마법사로 들일 수 있을 거라 크게 기대하지 않았다네. 까놓고 말하자면 황공해야 할 사람은 짐일세."

"폐하……."

"짐이 이 나라에서 가장 존귀하고 무력한 인물일세. 직접 보니 어떤가?"

다르키아 14세의 인격이 이렇게까지 일그러져 있을 거라고 는 로렌조차도 생각 못 했다. 자신의 심복으로 삼아야 할 궁 정 마법사들 앞에서 이런 자학적인 모습을 보이다니.

국왕의 태도에 제자들은 어쩔 줄을 몰라 하고 있었다.

'좀 세게 나가야겠군.'

로렌은 생각을 바꿔먹었다.

"황공하오나 폐하, 그 말씀은 틀린 것으로 사료되옵나이다."

"짐의 말이 틀렸다?"

국왕이 발끈했다. 자신의 말을 정면에서 반박당하는 경험 은 얼마 없었던 모양이었다.

'처음 당하면 참 기분 나쁘지. 그 마음 안다.'

로렌은 생각하면서도 곧장 이어 말했다.

"폐하께오선 존귀하시나, 무력하지 않으십니다."

"호오?"

국왕이 분노를 가라앉히고 대신 흥미로운 듯 로렌을 보았다.

"왜냐하면 폐하, 폐하께오선 마법을 부리시기 때문이옵니다."

"짐이 마법을?"

"그러하옵니다, 폐하. 왕실 마법사청의 궁정 마법사들이 바로 폐하의 마법이옵니다."

"…흥."

흥미가 떨어진 듯, 국왕은 다시 로렌에게서 시선을 떼었다.

"처음 부임한 마법사들은 다들 의욕에 차서 그렇게 말하더군. 하지만……."

로렌은 국왕의 말이 끝나길 기다렸다. 국왕은 거기까지만 말하고 더 이상 말을 잇지 않았다. 시험한 것이다. 로렌이 자신의 말을 끊을지, 아니면 기다릴지.

'거, 귀찮은 성격일세.'

로렌은 혀를 차고 싶은 걸 애써 참았다. 뒤늦게 국왕의 말이 이어졌다.

"…그대는 다르단 말이더냐?"

그제야 로렌은 입을 열어 대답했다.

"폐하의 기대에 부응토록 노력하겠나이다."

국왕은 흠, 하고 화려하지만 낡은 옥좌에 손을 짚으며 말했다.

"여기로 오는 길에 무뢰배 몇을 잡았다지."

무뢰배 몇이 아니라 수십을 잡았지만, 로렌은 굳이 국왕의 말에 토를 달지 않았다.

"왕실 모독죄를 저지른 자들이옵니다. 자비를 베풀 이유를 느끼지 못했나이다."

"그렇군. 그대의 왕실에 대한 충정은 높이 사도록 하겠다."

다르키아델까지 오면서 로렌은 일부러 요란하게 다녔다. 시비가 안 걸릴 수가 없도록 말이다. 로렌이 그 무뢰배들을 상대로 어떻게 했는지에 대해서는 국왕의 귀에도 들어갔을 것이다.

그러라고 한 일이다. 일종의 맛보기, 샘플이라 할 수 있었다.

"하지만 같은 일을 무뢰배가 아닌 하이어드나 귀족, 영주들에게도 할 수 있겠는가?"

"국법은 지엄하여 누구에게나 평등하게 적용되어야 합니다."

로렌은 지체 없이 대답했다. 국왕의 눈동자가 기대와 야심에 차 빛나는 것을 로렌은 보지 못했다. 하지만 그 목소리로 익히 짐작할 수 있었다.

"그렇다면 한번 지켜보도록 하지. 그대가 수석 궁정 마법사라네. 보잘 것 없는 왕실의 권위이네만, 어디 잘 휘둘러 보게."

로렌은 웃음을 참느라 고생했다. 국왕은 그에게 전권을 쥐어주었다.

'이건 다르키아 16세와 같군.'

다르키아 16세와 마찬가지로, 이 힘이 어떻게 사용될지 현 국왕은 상상하지 못할 것이리라.

상상 이상의 일이 벌어질 테니까.

"성은이 망극하여이다."

로렌은 국왕에게 감사의 마음을 담아 예를 올렸다.

왕실 마법사청의 신임 궁정 마법사들이 모조리 로어 엘프로
만 구성되었다는 소식은 꽤나 구설수에 올랐다. 아무리 로어
엘프가 해방되는 추세고 마법사들의 가치가 올랐다고는 하지
만, 고작 1년 사이에 사람들의 인식이 쉽게 바뀔 리가 없었다.

사람들은 수군거렸다. 아니, 수군거린 정도면 다행이었다.

어차피 장식뿐인 왕이다. 대놓고 국왕이 미쳤다고 비난하는
하이어드까지 나왔다. 왕실 모독죄는 사형에 해당하는 죄였지
만 그 하이어드는 아무런 처벌도 받지 않았다. 하이어드가 사
는 땅의 영주가 피식거리며 그를 벌하지 않았기 때문이었다.
소문이 크게 났다.

로렌, 아니, 디셈버가 수석 궁정 마법사로 취임하고 나서 가
장 먼저 한 일이 그 왕실 모독죄를 저지른 하이어드를 처형하
는 것이었다.

영주는 내정간섭이라고 항의했지만 로렌은 듣지 않았다. 어
차피 재판 따위 필요하지도 않았다. 왕실 모독죄를 저지른 자
는 즉결 처형을 하는 것이 원칙이었다.

궁정 마법사들을 데리고 순식간에 일을 처리한 로렌은 이
번에는 영주를 재판에 붙이려 들었다. 죄목은 왕실 모독죄.

왕실에 불경을 저지른 죄인을 그냥 방치하는 것도 왕실 모독
죄라고 했다. 즉결 처형이 원칙이므로, 그 자리에서 영주를 죽
이겠다는 소리나 마찬가지였다.

당연히 영주는 자위권을 발동했다. 일천에 달하는 용병들
이 궁정 마법사들의 앞을 막아섰다.

학살이 시작되었다. 별다른 묘사가 필요하지 않을 정도로
일방적인 압살 후, 영주의 즉결 처형이 예정대로 이루어졌다.

상황은 일변했다. 귀족들은 즉각 처형 당한 영주의 편을 들
었다. 나라의 분위기가 순식간에 험악해졌다. 이럴 때 못 참
고 선을 넘는 자는 한두 명쯤은 꼭 나오게 마련이다. 왕을 모
독한 영주 한 명이 본보기로 걸렸다.

궁정 마법사들이 출격했다. 목적은 물론 왕실 모독죄를 저
지른 역도의 즉결 처형.

처음 즉결 처형 당한 영주와 달리, 이번에는 기사단장이 이
끄는 정규 기사단이 궁정 마법사들의 앞을 막아섰다.

그리고 그건 아무런 의미가 없었다.

사실 다른 제자들에게는 기사단이 꽤 위협적일 수도 있었
으나, 로렌을 상대로는 그렇지 않았다. 로렌이 기사단장을 죽
이고 나지 기사단은 더 이상 기사단이 아닌 기사들의 오합지
졸이 되어버리고 말았다. 로렌은 그들의 처분을 제자들에게
일임했으며, 제자들은 충실히 그의 명령을 이행했다.

믿었던 기사단이 전멸당해 버리자 역도는 항복했으나, 그 또한 별 의미가 없었다. 역도의 즉결 처형은 이번에도 예정대로 이루어졌다.

그래도 그 지역에선 목에 꽤나 힘을 주고 다니던 영주의 목이 날아갔다. 이제 더 이상 힘을 주고 다닐 목이 없으니 참으로 안타까운 일이었다.

"이렇게 하면 꼭 귀족들이 전부 손을 잡고 반란을 일으킬 것 같잖아?"

로렌은 웃었다.

"그런데 아니더라고."

로렌이 이렇게 대담한 짓을 벌일 수 있었던 이유는 이미 한 번 해본 일이었기 때문이었다. 그렇다 보니 귀족들이 어떤 반응을 보일지도 잘 알고 있었다.

귀족들은 궁정 마법사들이 괜찮은 사냥개라고 생각하기 시작했다. 그리고 이제 마법사들을 비난하는 대신 칭송하고 찬양하면서 자신의 정적이 밀실에서 왕실 모독죄를 저질렀다고 밀고했다.

로렌은 그들의 뜻대로 움직여 주었다. 또 한 명의 귀족이 처형당했다.

반복.

왕은 너무 오랫동안 허수아비였다. 그렇기에 귀족들은 앞으로도 왕이 허수아비일 거라고 생각했다. 그래서 왕실 마법사를 움직여 왕보다도 위협적이라고 생각하던 정적들을 처치하기 바빴다.

그리고 어느새 귀족들의 힘은 약화되어 있었고 왕권은 강화되어 있었다. 당연한 일이었다. 왕의 힘, 즉 궁정 마법사들은 그대로인데 귀족들의 힘은 점점 약해지고만 있었다.

"슬슬 깨달은 건가."

디셈버, 즉 로렌은 또 한 명의 암살자를 죽이며 크크큭 웃었다.

원래 역사에서 암살당해야 할 건 다르키아 14세였다. 무슨 짓을 했는지는 모르지만 귀족들의 심기를 거슬렀기 때문이리라.

다르키아 14세의 성격이 그런 성격이다. 자학적인 태도를 취하는 건 자신이 비참한 처지에 빠져 있음을 자각하고 있기 때문이다.

'뭔가 바꿔보려고 시도했겠지.'

상상은 간다.

하지만 이번 시대에는 귀족들의 타깃이 디셈버로 바뀌었다. 왕보다야 수석 궁정 마법사인 디셈버가 훨씬 직접적으로 위협적이니까 당연한 일이었다.

암살이란 방법이 디셈버에게는 아무런 소용이 없다는 걸 깨달을 때까지 귀족들은 왕보다는 디셈버를 노릴 것이다. 왕이 상대적으로 안전해진 것이다.

왕의 암살도 막고 피아 식별도 하는 일석이조의 방법이었다.

암살이란 게 성공하면 좋지만 한 번 들키면 어떤 방식으로든 꼬리를 밟히게 마련이다.

더군다나 마법사를 상대로는 암살자들이 자결도 못 한다. 어떻게 자해하더라도 회복 마법으로 목숨 줄을 붙여두기 때문이다. 독을 먹든 혀를 깨물든 살아난다. 고통은 그대로 느끼면서 말이다. 전부 스스로에게 고문을 하는 거나 마찬가지인 셈이었다.

이제는 함부로 왕실 모독죄를 범하는 귀족은 없어졌지만, 로렌은 암살자의 배후를 캐 그걸 명분으로 암살 의뢰를 한 귀족들을 계속 죽였다. 왕의 마법에 손을 댔으니, 그 또한 왕실 모독죄라는 명목이었다.

억지였지만 이제는 그 누구도 궁정 마법사를 상대로 함부로 굴 수 없다.

궁정 마법사의 표적이 된 귀족들은 살아남기 위해 온갖 발악을 하지만 결국 로어 엘프의 마법에 의해 폭사당하고 만다. 이런 일이 반복되자, 직접적인 위협을 느끼는 귀족들은 물론 평민들마저도 마법사를 두려워하기 시작했다.

궁정 마법사를 상대로 대항하기 위해 마법사를 고용해 봤자 로어 엘프 마법사들을 상대로 아무것도 못 하는 일 또한 반복되니 로어 엘프의 가치도 자연히 올랐다.

그리고 귀족이라는 계급의 몰락이 100년 이른 시대부터 시작되었다.

이 모든 일이 불과 1년 사이에 일어난 일들이었다.

*   *   *

"수석 궁정 마법사, 디셈버 경 납시오!"

내관이 염소처럼 얇은 목소리로 왕의 홀로 들어선 디셈버의 등장을 알렸다.

"오오, 디셈버 경. 오셨구려."

근엄해야 할 왕이 얼른 왕좌에서 내려와 디셈버를 맞이했다. 다른 귀족이 있었더라면 체통을 지키라고 한 마디라도 할 법하지만, 그런 일은 일어나지 않았다. 유일한 제3자인 내관마저 익숙한지 아무 말도 하지 않았다. 그건 디셈버도 마찬가지였다.

"그간 강녕하셨습니까?"

"강녕하다마다. 허허!"

국왕, 다르키아 14세는 짧게 웃었다. 1년 만에 그의 태도는 많이 바뀌었다. 수석 궁정 마법사를 대하는 태도는 물론이고, 다른 이를 대할 때의 태도도 그러했다. 자학적인 언사를 그만두고, 전보다 당당하게 말하고 움직인다.

국왕의 그러한 태도 변화는 전적으로 요 1년간 디셈버가 쌓아올린 공적 덕이었다.

국왕에게서는 이 지나치게 유능한 수석 궁정 마법사가 혹시나 자신의 자리를 탐하지 않을까 의심하는 기색은 조금도 없다. 그야 그렇다. 국왕도 자신의 자리가 어떤 자리인지 알고 있다. 힘은 없지만 의무는 많은 자리다.

아니, 요즘은 딱히 그렇지는 않다. 최근에는 귀족들이 왕의 '부탁'을 잘 들어주니까.

그리고 그게 곧 왕의 힘이었다. 권력자의 힘이란 타인을 얼마나 말로 잘 다스릴 수 있느냐에서 나오고, 그런 면에선 다르키아 14세는 과거 100년간을 통틀어 다르키아에서 가장 강한 힘을 지닌 왕이라 할 수 있었다.

귀족들이 최근 들어 왕의 부탁을 잘 들어주는 원인은 명백했다. 혹시 왕의 부탁을 섣불리 거절했다가 왕실 모독죄에 걸릴까 봐 두려워한 탓이었다. 그리고 그 두려움의 근원은 바로 궁정 마법사들이 속한 왕실 마법사청이었다.

국왕의 힘은 궁정 마법사에게서 나온다.

이건 농담이 아니었다. 영주들은 명백히 디셈버와 그의 휘하 마법사들을 두려워하고 있었다. 설령 공작급의 영주라 한들 궁정 마법사와 척을 지면 피해를 보지 않을 수는 없으니까.

왕과 궁정 마법사는 좋은 사업 파트너였다.

궁정 마법사의 힘에 기댄 왕은 지나치게 욕심을 부리지 않으면서도 야금야금 자신의 권한을 강화시켜 나갔고, 궁정 마법사의 힘에 명분을 부여했다.

궁정 마법사도 전횡을 휘두르거나 명분 없이 움직이지 않았고, 그렇기에 귀족들에게 반항할 명분 또한 주지 않았다.

왕이 없었더라면 궁정 마법사 또한 이 땅의 모든 영주를 적으로 돌리게 됐을 테니, 상부상조를 제대로 하는 셈이었다.

아니, 사실 이 관계에서 일방적으로 이득을 보는 건 왕뿐이었다. 궁정 마법사는 그저 왕의 명령대로 움직이는 것뿐, 실질적으로는 전혀 이득을 보고 있지 않으니까.

물론 로렌 본인이야 궁정 마법사로서 움직여 마법사와 로어 엘프의 사회적 인식을 끌어 올리고 귀족과 하이어드 세력의 약화를 유도하는 효과를 얻고 있기에 별로 손해 보는 장사라는 인식이 없다.

하지만 왕은 로렌의 본의를 모른다. 아니, 로렌이라는 이름조차 모른다. 그가 상대하고 있는 건 로어 엘프 수석 궁정 마법사 디셈버.

그렇기에 왕은 다소 불안함을 품고 있었다. 일방적인 관계라는 건 그만큼 간단하게 무너져 내리니까. 지금에 와서 왕에게 궁정 마법사는 필수 불가결한 존재가 됐다. 이 관계를 무너뜨릴 생각은 추호도 없었다.

그러려면 노력을 해야지. 왕은 그렇게 생각하고 있었다.

"수석 궁정 마법사 디셈버. 그대가 왕실을 위해 힘쓴 덕택에 국가의 질서가 바로 섰네. 그대는 결코 가볍지 않은 공을 세웠네. 이 공적을 치하하지 않으면 오히려 왕실의 명예가 실추될 터. 원하는 것을 말하게. 왕으로서 그대의 소원을 들어주도록 하지."

사실 왕이 들어줄 수 있는 소원이란 건 꽤나 제한적임에도 불구하고, 다르키아 14세는 전제군주였던 옛 선조들처럼 대범하게 말했다.

로렌도 다르키아 14세의 불안을 꿰뚫어 보고 있었다. 이 제안조차 아무것도 원하지 않는다고 대답하면 오히려 왕과 불화가 생길 판이었다.

뭐라도 부탁해야 했다. 그것도 왕이 들어줄 수 있는 부탁을. 왕의 권한을 생각하면 꽤나 까다로운 문제였다.

그러나 로렌은 사전에 이미 부탁할 거리 하나를 생각해 둔 터였다.

아니, 이 날만을 손꼽아 기다렸다. 왕이 소원을 들어주겠다고 먼저 나오기를.

자신이 먼저 부탁을 할 수는 없으니, 계속해서 기다리기만 했을 뿐이었다. 그렇기에 로렌은 적당히 생각하는 척을 하다가, 마침내 생각해 낸 것처럼 고개를 한 번 끄덕이고 각오한 듯 입을 열었다.

"아뢰옵기 황송하오나 폐하, 제게는 오랜 꿈이 있었습니다."

그렇게 운을 떼었다. 그러자 다르키아 14세는 기꺼운 듯 고개를 끄덕였다.

"오오, 말해보아라. 그대의 꿈은 이뤄질 것이다."

내가 이룰 수 있는 것이라면. 국왕은 그 표현을 생략했다. 그렇다고 로렌은 무리한 부탁을 할 생각은 없었다. 아니, 어떤 의미에서는 무리한 부탁이지만, 결코 불가능한 것은 아니다.

"로어 엘프로 태어나, 세상에 처음 눈을 떴을 때부터 저는 노예였습니다. 노예인 아버지와 노예인 어머니에게서 태어나 노예로서 자랐습니다. 그저 운이 조금 좋아 라핀젤 자작의 눈에 띄었고, 마법사로서의 교육을 받을 수 있게 되었습니다. 그리고 폐하의 은혜를 받아 궁정 마법사의 직에까지 올랐으니 저 개인은 이미 모든 영달을 이뤘습니다."

이야기의 방향이 수상하게 흘러가니, 왕은 기이하게 여기고 입을 다물었다. 길게 끌어서 좋을 것이 없다 생각한 로렌은 곧바로 말을 이었다.

"그러나 제 동족들은 여전히 노예이며, 제가 아이를 낳아도 그 아이는 노예일 것입니다. 이것이 로어 엘프의 비애이옵니다."

로렌의 목소리가 열기를 띠었다.

"만일 제 아이가 처음으로 세상 빛을 보았을 때, 그 신분이 평범했으면! 이것이 제가 오랫동안 꾼 꿈입니다."

그제야 로렌이 무엇을 말하고자 알았는지 국왕은 고개를 끄덕였다.

"참으로 딱한 일이도다. 엘리시온 왕국이 망한 것도 천 년이 지난 일. 엘프들은 아직까지도 그 여죄를 물고 있으나, 이는 이제 사리에 맞지 않는 일이 되었다. 죄를 저지른 자들은 모두 죽었고, 그들의 자손조차 죽었으니 값은 다 치러졌다 보아야 하리라."

국왕의 입에서 긍정적인 대답이 나왔다.

하지만 아직 완전히 결정된 것은 아니다. 로렌은 긴장을 숨기려 노력했다. 이번에 안 된다면 다음엔 언제 될까. 그런 것을 생각하고 있었다.

그러나 로렌의 그런 예상은 틀렸다.

"다르키아 왕국에서 로어 엘프를 해방하도록 하겠다. 그들은 이제 더 이상 합법적으로 노예로 소유될 수 없으며, 왕국 시민으로서 대우받을 것이다."

왕의 선언을 들은 로렌은 맥이 탁 풀렸다.

'드디어!'

그저 왕이 선언한 것만으로 모든 것이 다 해결되지는 않으리라. 분명히 반대 세력이 나타날 것이고, 그들이 극단적인 방법을 사용할 경우의 수도 결코 적지 않았다. 하지만 이뤄냈다는 것이 중요했다.

미처 표정을 완전히 숨기지 못한 로렌을 보며 왕은 만족스럽게 웃었다. 하지만 그의 입은 아직 멈추지 않았다. 로어 엘프의 해방은 수석 궁정 마법사만의 것이 아니었다. 왕이 수석 궁정 마법사 개인에게 내릴 은상(恩賞)이 필요했다.

"그리고 디셈버 수석 궁정 마법사를 백작 위에, 휘하 궁정 마법사들을 남작 위에 봉한다."

그리고 왕은 이것을 골랐다.

작위의 수여.

궁정 마법사도 준귀족으로 취급받지만, 정식 작위를 가진 귀족과는 다르다. '귀족 같은 것'으로 취급받는 것과 귀족 그 자체인 것은 분명히 차이가 있다.

물론 아무리 왕권이 강화되었다 한들 궁정 마법사들에게까지 분봉하여 영지를 내리는 것은 힘들지만, 로렌은 신경도 쓰지 않았다.

왕이 이 은상을 고른 이유를 잘 아니까.

로어 엘프가 귀족 작위를 받았다. 본래 노예였던 자들이.

꽤나 상징적인 이 선언으로 인한 파장은 다르키아 왕국 전역을 떨치고도 남으리라.

"마지막으로 디셈버 수석 궁정 마법사에게 대마법사의 칭호를 내린다."

왕은 마치 덤인 것처럼 그렇게 마무리했다. 사실 이건 은상도 뭣도 아니었고, 왕이 직접 부리는 수석 궁정 마법사가 다른 모든 마법사들보다 위대하다는 자랑에 불과했다.

그러나 그게 뭐 어떻단 말인가. 앞서 받은 은상이 있는데.

"성은이 망극하여이다, 폐하."

이건 꽤 큰 '부탁'이고, 왕은 귀족들에게 이 부탁을 하기 위해 다른 부탁을 할 권리를 포기해야 한다. 게임의 룰처럼 정확히 딱딱 구분되어 있는 건 아니지만 정치란 게 그렇다. 그뿐일까, 이 선택으로 말미암은 앞으로의 정치적인 공세에 노출될 부담도 떠안아야 한다.

그러나 국왕은 다른 모든 걸 일단 제쳐두고, 로렌의 부탁을 수락했다. 로렌을 택한 것이다. 정확히는 디셈버를 택한 것이지만 지금 와서 그런 걸 구분할 생각은 없었다.

로렌은 진심으로 왕에게 감사했다.

*   *   *

다르키아 14세는 약속을 지켰다.

다르키아 왕국 전역에서 로어 엘프 해방을 명하는 왕명, 그리고 로어 엘프인 궁정 마법사들이 귀족 작위를 받았다는 소식이 곧 전해졌다.

영주들의 반대는 로렌이 생각한 것보다 심하지 않았다. 어지간한 영주들은 이러한 왕명을 이렇게 받아들였다.

"또 트집을 잡으려는 함정이야! 왕명을 거슬렀다간 궁정 마법사들이 몰려올 거야. 얌전히 왕명에 따르도록 해. 아니면 너 흴 왕실 마법사청에 고발해 버릴 테니까."

잔뜩 뇌물을 먹여놓거나 돈으로 목줄을 메어둔 덕에 평소라면 자신들을 비호해 줬을 터였던 영주들이 이번엔 이렇게 나오자, 하이어드 노예 상인들은 할 말을 잃고 하라는 대로 할 수밖에 없었다.

영주들의 행동 패턴이 로렌의 예상과 달랐던 이유는 로렌 본인이 예전보다 훨씬 더 철저하게 왕실 모독을 저지른 귀족들을 짓밟았기 때문이었다. 본인에게 자각은 없었지만 말이다.

로렌은 그저 예전처럼 최선을 다했을 뿐이었다. 다만 그 일신의 무력과 거느린 마법사들의 힘과 권한, 위상이 예전보다 훨씬 더 컸기 때문에 자연스레 일어난 현상이었다.

그렇게 다르키아 왕국 전역에서의 로어 엘프 해방은 별 큰 혼란 없이 이뤄졌다.

이로써 라푼젤의 꿈이 또 일보 전진했다.

라푼젤도 기뻐했지만, 더 기뻐한 건 당연히 해방된 본인들이었다.

"감사합니다, 스승님. 감사합니다……."

평소에는 꽤나 냉정한 이미지였던 베르테르가 로렌 앞에서 무릎을 꿇고 대성통곡을 했다. 지금 하는 것만 보면 재뉴어리의 구애를 냉기 풀풀 날리며 거부했던 모습은 떠오르지도 않았다.

그러나 그런 베르테르의 변모를 놀릴 사람은 여기 아무도 없었다. 왕실 마법사청은 울음바다가 되어 있었으므로. 그나마 베르테르니 울면서라도 말할 정신이 있는 거라고 받아들일 만한 분위기였다.

"아니, 뭘 새삼스럽게……."

로렌은 그런 로어 엘프 제자들의 반응에 황당해했다.

그는 이제까지 했던 걸 했을 뿐이었다. 그레고리 남작령에서 로어 엘프를 해방시키고, 클레멘스 자작령을 정벌해서 거기서도 로어 엘프를 해방시켰다. 발레리에 대공과의 전쟁에서 이기고 그 전리품으로도 로어 엘프 해방을 챙겼다.

이번엔 그게 다르키아 왕국 전역이 되었을 뿐이다. 그런데 왜 이번에 유독 이런 격한 반응을 보이는지 로렌은 이해를 못했다.

"스승님은 모르실 겁니다."

베르테르가 어느 정도 진정한 후에 입을 열었다.

"저희는 스승님처럼 절대적인 존재가 못 됩니다. 세상에 초연한 존재가 아닙니다. 저희는… 아니, 저는 속물적인 존재입니다. 그리고 이번에 스승님께서 저희에게 주신 선물은 바로 그런 것입니다."

거기까지 듣고서야 로렌은 짚이는 구석이 생겼다.

"설마 귀족 작위 말이야?"

디셈버는 백작 작위, 제자들은 남작 작위를 받았다. 로렌의 입장에서 보자면 작위 따윈 그냥 덤 같은 거였지만, 베르테르를 비롯한 제자들 입장에선 그게 아니었던 모양이었다.

"…맞습니다."

아니나 다를까, 베르테르는 말하면서도 부끄러운지 약간 붉어진 얼굴로 고개를 끄덕였다.

"저는 제가 로어 엘프이기에 출세할 수 없다고 생각하고 있었습니다. 그런데……."

출세했다. 귀족이 되었다. 비록 다스리는 영지는 없을지라도 작위를 받았다. 위로 올라갈 수 있다. 그 가능성을 보여주었다. 거기서 오는 감격.

로렌 하트 시절에 귀족이라는 계급이 무너져 내리고 신흥 지배 계급으로 군림해 본 로렌으로서는 바로 와 닿지 않는 감정이었다.

능력이 있으면 당연히 출세할 수 있다고 생각하던 로렌이지만, 그건 그가 로렌 하트였던 시절 출세해 봤기 때문에 가질 수 있는 생각이었다. 덤으로 그의 후생이 지구인이기도 했고.

하지만 이 세계에서는, 이제까지는 그렇지 않았다. 출생 신분에 따른 계급이란 게 확실하고, 어디까지 올라갈 수 있는지도 정해져 있었다. 흔히 지구에선 유리 천장이라고 일컫는 그것이 지금의 이 세계에는 확실히 눈에 보이는 벽으로서 존재하고 있었다.

로어 엘프는 로어 엘프대로, 하이어드는 하이어드대로. 송충이는 솔잎을 먹고 살아야 한다. 그것이 이 시대의 상식이었다.

지금 시대에서는 로어 엘프 수석 궁정 마법사 디셈버가 첫발을 내디딘 것이나 마찬가지였다. 여기서 디셈버가 허구의 존재라는 건 아무런 관계가 없다.

노예 출신 소년이 백작 작위를 받을 수 있다. 불가능하다고 막연하게 생각하던 것이 실제론 가능했다. 베르테르가 말하는 감격이란 바로 그것을 깨닫는 데서 오는 것이었다.

"속물이라 죄송합니다!"

"아니, 됐다."

베르테르의 말을 들으며 로렌은 큭큭 웃었다. 100년의 세월을 미리 당겨오다 보니 미처 생각하지 못한 일이 생긴 것이다. 하지만 이 정도 오차는 즐거운 축에 속했다.

"실컷 출세해 보라고."

＊　　　＊　　　＊

라푼젤 자작령을 찾아갔을 때, 가장 먼저 만난 사람은 레윈이었다. 딱히 의도한 건 아니고 우연이었다. 레윈은 로렌의 모습을 발견하자마자 이렇게 말했다.

"백작위에 오르신 것에 경하드립니다, 스승님."

"그러지 마세요, 레윈 씨."

레윈이 로렌에게 높임말을 써야 할 하등의 이유가 없었다. 백작 작위를 받은 건 어디까지나 디셈버니까. 그러므로 로렌은 이렇게 말했다.

"디셈버를 보시면 높임말 쓰시면 됩니다."

"아, 역시?"

"제가 공적인 자리에서 라푼젤을 봤을 때를 떠올리시면 됩니다."

디셈버는 백작이니 평민인 레윈은 그에게 높임말을 써야 했다.

하기야 수석 궁정 마법사가 된 시점에서 이미 사회적 지위는 디셈버 쪽이 레윈보다 높았다. 레윈도 자작령의 집정관이긴 하지만 어디까지나 관료고 평민이었다. 궁정 마법사가 준귀족이라고는 하나 확실히 평민보다는 높으니 말이다.

그래도 준귀족과 관료면 어느 정도 감안이 되는 관계시만 디셈버가 백작이 되어버린 이상 모든 게 달라졌다. 잘못하면 디셈버가 아무 반응도 안 해도 주변에서 밀고해서 레윈의 목을 쳐버릴 사태가 일어날 수도 있다. 로렌이 말하는 건 그런 거였다.

"아니, 이제 디셈버로만 치면 라핀젤 이상 아닌가? 라핀젤은 자작이고 디셈버는 백작이니."

"영주가 더 높죠."

"아, 좀. 농담 좀 하자."

그걸 모를 레윈이 아니었으나 로렌이 담담히 반박하자 다소 삐친 듯했다.

"뭐, 그렇다고 제가 레윈 씨 앞에서 디셈버 모습으로 나타날 일은 없을 테지만요."

그럴 일은 거의 없었다. 수석 궁정 마법사가 누군가 앞에 나설 땐 그 사람이 마법을 얻어맞을 만한 짓을 저질렀을 때뿐이었다. 사적인 일정은 로렌의 모습으로 처리하니, 레윈이 왕실 모독죄라도 저지르지 않는 한 디셈버의 모습으로 레윈을 볼 일은 없는 거나 다름없었다.

로렌의 말을 들은 레윈은 허허 웃었다.

"국왕 폐하께서 대마법사라는 칭호를 내리셨다지?"

"네, 디셈버에게요."

로렌은 확실히 구분했다.

"예전처럼 됐군."

"좀 다르긴 하지만요."

레윈은 로렌의 비밀을 알고 있는 딱 둘뿐인 사람 중 하나
다.

로렌이 두 번째 생애를 보내고 있다는 건 사실 이제 그렇게
까지 중요한 비밀이 아니게 됐다. 미래에 일어날 일을 미리 알
고 있다는 이점은 이미 상당히 훼손되었으니까.

그 덕에 로렌은 100년이라는 시간을 단축하고 이전에는 오
르지 못했던 마법의 새로운 영역을 구축했다. 손해라고 하기
는 힘들었다. 아니, 양심 없다는 소릴 들을 정도다.

무엇보다 라푼젤을 살려서 여기까지 온 거다. 이 시점에서
이미 손익을 따지는 건 무의미한 일이 되었다.

"15세의 나이로 대마법사라. 질투심에 불이 붙는데?"

"두번째니까요."

로렌은 익숙한 대꾸를 했다. 로렌이 이 대꾸를 할 수 있는
상대는 레윈뿐이었다. 레윈 또한 픽 웃으며 아무렇지도 않게
대꾸해왔다.

"그렇군. 하긴 나도 네 덕을 많이 봤지."

레윈도 별의 영역에 한 발을 내디뎠다. 아직 입문했다는 수
준은 아니지만 그 편린은 맛본 수준이었다. 로렌은 바로 별의
몸을 이루고 별의 영역에 올랐지만, 로렌이 사용한 방법을 나
른 마법사에게 적용했다간 죽음을 피하기 어려울 것이다.

그래서 레윈은 로렌과 달리 극단적인 방법을 사용하지 않고 차근차근 단계를 밟아 별의 영역으로 나아가고 있는 중이었다.

레윈은 제어하지 않은 마력을 별의 영역으로 보내 별의 몸을 구축하는 작업을 1년 동안 시도하고 있었고, 나름의 성과를 보았다. 별의 몸이라고 하기엔 다소 약소하지만 아주 작은 마력 덩어리를 별의 영역에 생성하는 것에 성공한 것이다.

먼저 별의 영역에 이른 선배인 로렌은 레윈이 내디딘 한 걸음을 인지하고 있었다.

그것은 기묘한 감각이었다. 굳이 비슷한 것을 찾아 비유하자면 마치 지구의 기술인 증강현실 같은 감각이었다. 별의 영역에 레윈이 존재함을 별의 몸을 통해 인지할 수 있게 되었다.

그렇기에 레윈의 진전이 허구나 허풍이 아닌 실제임을 로렌 본인이 그 누구보다도 확실하게 알 수 있었다.

"별 조각(Stardust)이라는 이름을 붙였어."

레윈은 담담히 말했지만 그 목소리에는 숨길 수 없는 자부심이 묻어났다. 극단적인 방법을 동원한 로렌과 달리, 레윈은 조금씩 마력을 보내 별의 영역에 발을 들이는 데 성공했다.

별 조각이라는 소소한 이름을 붙였지만 그가 얻은 성취는 작지 않았다. 비록 로렌처럼 마법을 주문도 없이 능력처럼 사용하지는 못하지만, 별 조각은 별의 몸과 마찬가지로 마력을 자연히 모아들인다.

그 규모와 숙련도는 비록 차이가 나지만, 마력 걱정 없이 마법을 마음껏 사용할 수 있게 되었다는 점에서 큰 진전이라 할 수 있었다.

더군다나 극단적인 로렌의 방식이 아닌 평범한 마법사로서 사용할 수 있는 '정공법'을 개발해 낸 것이니, 자부심을 가지기에 충분한 업적이다.

후대의 마법사들은 레윈의 방법을 사용하게 되리라.

"하지만 이 수련법은 마법사에겐 지나치게 가혹하군."

"저도 그렇게 생각해요."

밑 빠진 독에 물 채우기도 아니고, 언제 생성될지 모르는 별의 몸을 위해 마력을 한없이 부어넣는다. 마력이 별의 영역으로 빠져나갔고 더 이상 제어도 불가능하니 마법을 사용할 수도 없다. 마력 없는 마법사란 무기를 빼앗긴 군인과 다름없다. 무력하고 무의미하다.

이 상태로 얼마나 더 지내야 하는 걸까. 이 수련을 하는 내내 레윈은 무력감에 시달려 우울증까지 겪을 뻔했다. 성과를 얻은 게 얼마나 다행인지 모른다.

하지만 이제 별 조각으로나마 별의 영역에 이르렀으니, 별 조각에서 마력을 끌어내는 방식으로 마법을 사용할 수도 있게 되었다. 그리고 마력을 더 별의 영역으로 보내 별 조각을 더 키울 수도 있게 되었다.

인내의 시기는 끝났고, 그 성취는 실로 달콤했다.

"알베르트는 어때요?"

"좌절 직전이야. 가서 격려 좀 해줘라."

알베르트는 1년 전부터 바투르크에게서 리히텐베르크류 기사도 검술을 지도받고 있었다. 그 진도가 지지부진하다는 건 반년 전부터 들었다. 마법에는 어마어마한 재능을 지닌 로어 엘프지만 기사도에는 그리 재능이 없는 것 같았다.

그렇더라도 알베르트의 수련은 그 자신에게 큰 도움이 될 것이다. 그 기사도의 배움에서 마력을 추출하면 1년이라는 시간을 메우고도 남을 테니까.

"모두 너 같은 방법을 사용할 수는 없는 것 같군."

"그렇군요."

그러나 간편하고 쉽게 별의 영역에 이른 마법사를 육성한다는 로렌의 꿈은 접힌 것 같았다. 별의 영역에 가장 쉽게 오르는 법은 마법과 기사도 두 가지를 전부 잘하는 것이지만, 인간은 마법에 재능이 별로 없고 로어 엘프는 기사도에 재능이 별로 없다.

"결국 레윈 씨의 방법이 정석이 될 것 같아요."

"이번에는 내 이름이 역사에 남으려나?"

레윈은 로렌에게서 자신의 이름이 역사에 남지 않았다는

것에 알게 모르게 충격을 좀 받은 것 같았다. 역사에 이름을 남길 수 있는 인간이 얼마나 있겠냐만, 로렌 하트의 역사에선 위인이었던 라핀젤의 최측근이었는데도 이름도 남지 않았다는 건 느낌이 다르긴 할 것이다.

"남을 것 같아요."

로렌은 그렇게 대답했다.

결국 이번 시대에도 마법은 대세가 될 터였다. 시대의 흐름이 이미 그렇게 되어 있었다. 이런 시대에 새로운 마법 수련법의 개발자가 된다면야 역사에 이름이 안 남을 수가 없다.

"책이라도 내는 건 어때요? 제목은… 마법의 정석?"

"오, 그거 괜찮네."

"그리고 그 책을 교과서로 삼아서 저도 좀 가르쳐 주시고요."

이미 별의 영역에 오른 로렌에게 레윈이 낼 책의 내용 자체는 크게 도움은 안 될 것이다. 하지만 '별의 영역에 오르는 정석 수련법'이라는 배움에선 마력을 얼마나 많이 추출할 수 있을까? 로렌이 기대할 만도 했다.

"좋아, 그땐 네가 내 첫 제자다."

"기대하죠."

로렌은 빙그레 웃었다. 정말로 기대됐다.

*　　　*　　　*

대마법사 디셈버.

이번에 디셈버가 다르키아 14세의 은상으로 받은 새로운 칭호였다.

"또 역사가 바뀌었군."

본래 대마법사라는 칭호를 얻어야 할 건 로렌, 아니, 로렌 하트였다. 그것도 100년 뒤의 일이고. 하지만 그 칭호가 100년 이른 시기에 디셈버에게 붙었다. 로렌이 곧 디셈버니 본질적으로는 별 차이가 없긴 하지만 말이다.

그런데 정작 로렌 본인은 요 1년간 마법 측면에서의 성장은 거의 하지 못했다.

물론 초반 3개월은 별의 몸을 다루는 데 익숙해지면서 더 강해지긴 했다. 화염 폭발까지도 마법 서킷의 도움 없이 쏴댈 수 있게 됐으니, 왕실 모독죄로 걸린 영주들이 살아보겠다고 발악해 봐야 아무 소용 없을 법도 했다.

하지만 이 이상은 무리였다. 육체를 더 성장시켜 별의 몸의 성장으로 연결시키고 마법 서킷을 더 열어야 할 필요가 있었다. 마법 서킷 분할은 어디까지나 편법일 뿐이었으니까. 4중 융합 주문을 사용하려면 마법 서킷이 적어도 하나는 더 있어야 했다.

하기야 4중 융합 주문이 지금 당장 필요한 건 아니었다. 무슨 세계를 상대로 전쟁을 벌일 것도 아니고. 시간이 흐르고 나이를 먹으면 자연히 성장할 테니 조급한 마음을 품을 이유가 조금도 없었다.

그렇기에 로렌은 마법 말고 다른 것에 신경을 좀 썼다.

"금강의 격."

로렌은 각인의 힘으로 이루어진 실체 없는 팔을 뽑아 들었다.

금강의 격을 이루는 데는 생각보다 시간이 더 많이 걸렸다. 상격(High class) 정도 되니 공력과 각인의 힘이 도로 나눠지기 시작했기 때문이기도 했다. 각인의 힘은 공력과 본질적으로는 같고 파워 소스도 변함없으나, 다루는 방식에서 차이가 컸다.

공력을 몸 밖으로 꺼내는 것 자체야 라부아지에류 비검술을 익히면서 익숙하게 할 수 있었지만, 금강의 격을 이루는 건 그것과는 또 다른 문제였다.

"아무리 그래도 그렇지, 스칼렛보다 늦을 줄이야."

스칼렛은 배우기 시작하고 한 달도 안 돼서 금강의 격을 익혀 버렸다. 로렌보다 세 배 이상 빠른 속도였다. 이 결과에는 탈란델조차 놀라 그 자리에서 뒤집어질 정도였다.

그랑 드워프의 상격을 그들의 숙적이었던 드래곤이 후손인 란츠 드워프보다 쉽게 얻다니……. 스칼렛의 정체를 아는 로렌 입장에서는 차라리 황당했다.

그 원인은 역설적이었다. 스칼렛의 경우에 망치를 두들기는 것보다 로렌을 등 뒤에 업고 있을 때 더 쉽게 공력을 쌓을 수 있다. 이러다 보니 정작 공력을 다루는 기술은 그리 높지 않았다. 그런데 이래서 오히려 선입견 없이 각인의 힘을 다룰 수 있었다.

"내가 뭐?"

로렌의 혼잣말을 들은 건지, 스칼렛이 말을 걸었다. 애초에 로렌이 왕도 다르키아에서 하루도 지나지 않아 자작령에 올 수 있었던 건 스칼렛 덕분이었다.

공력을 다루는 기술이야 어떻든, 스칼렛은 이심의 경지에도 이르렀다.

로렌이 궁중 마법사 디셈버로 활동하게 되면서 시간이 예전보다야 빠듯해졌다. 그래서 로렌은 이동 시간을 줄여 시간을 벌었다. 그 이동 수단이 스칼렛이었고, 스칼렛은 예전보다 로렌에게 공력을 더 강력하게 요구했다.

그러니 스칼렛이 이심의 경지를 얻은 건 오로지 로렌 덕이라고 할 수 있었다. 하기야, 로렌이 그만큼 스칼렛을 적극적으로 써먹은 결과기도 하니 상부상조라 할 수 있었다.

"아니, 뭐."

로렌은 금강의 격을 거두며 대꾸했다.

"오늘 라푼젤과 저녁 약속을 했는데, 너도 같이 먹고 갈래?"

"아니!"

솔직히 말하자면 좀 둘러대고자 한 소리긴 했다. 하지만 로렌의 제의에 스칼렛은 기겁하며 고개를 저었다. 이렇게까지 격렬한 반응이 나올 줄이야.

"왜 그래? 너 라핀젤 요리 좋아하잖아?"

"로렌은 여심을 몰라!"

어리둥절해하는 로렌의 반응에 스칼렛은 질색하며 외쳤다. 그런 그녀의 반응에 로렌은 조금 욱해서 되물었다.

"무슨 소리야? 그건 너도 모르잖아?"

"…그렇긴 하지만, 어쨌든 난 갈래!"

"아, 탈란델이 부르나?"

로렌의 물음에 스칼렛은 도리질을 했다.

"바투르크한테 가 있을 테니까, 밥 다 먹고 와."

"설마… 너 혼자 '돼지 한 마리'를 먹을 셈이야?"

사실 스칼렛은 로렌에게서 공력을 받는 게 더 효과가 좋지만, 그녀는 그저 돼지 한 마리라는 요리가 맛이 좋다는 이유만으로 즐겨먹었다.

"…그런 걸로 해두자. 설마 라핀젤과의 저녁 약속을 거부하고 날 따라올 셈은 아니겠지?"

"아니지."

라핀젤의 분노를 사서 좋을 일은 전혀 없다. 더군다나 라핀젤과도 만난 지 시간이 꽤 됐다. 저녁 약속을 취소하고 다른 사람을 먼저 보러 간다고 하면, 그녀는 단단히 삐쳐 버리고 말 테니까.

'그리고 스칼렛도 바투르크에게 볼 일이 있는 모양이고.'

과정을 무시하고 공력의 양만 보자면 스칼렛은 기사단장급 인재가 되었다. 정작 검술과 창술 등의 무기술에는 전혀 재능이 없어서 그냥 공력을 신체 부위로 휘두르는 이상한 전투 방식을 사용해야 하지만, 어지간한 기사는 다발로 데려와도 손쉽게 쓰러뜨려 버린다.

더불어 기마술에도 재능이 없었다. 말도 타지 않고 창칼도 휘두르질 않으니, 이걸 기사라고 해야 할지 어떨지도 애매한 존재가 되어버렸다.

하기야 스칼렛을 인간의 기준으로 재단하려 드는 것도 이상한 짓이다. 명률법으로 자신의 모습을 인간처럼 바꾸어놓고 있긴 하지만 그녀는 본질적으로 드래곤이다. 뭔가 이상한 일이 벌어져도 그러려니 하고 넘어가는 게 속 편하다.

하지만 스칼렛 본인의 입장에선 그렇지가 않은지, 바투르크에게 이것저것 배우려고 드는 것 같았다. 그것도 로렌 몰래. 본인은 몰래 한다고 생각하는데, 로렌은 이미 다 눈치채고 있었다. 보고도 모르는 척해주는 것이다.

그래서 로렌은 순순히 스칼렛을 보내주었다.

[로렌 님, 라푼젤이 기다리고 있습니다.]

마침 모건 르 페이의 메시지가 들어왔다. 라핀젤이 로렌의 도착에 대해 벌써 어디서 들은 모양이었다. 레윈에게라도 들은 걸까, 생각하며 로렌은 모건 르 페이에게 부탁했다.

[곧 간다고 전해줘.]

[알겠습니다. 그리고…….]

텔레파시로 날아오는 메시지임에도 망설임이 느껴졌다. 로렌은 피식 웃었다.

[아, 그렇지. 너무 걱정하지 않아도 돼. 사왔어.]

[그런가요.]

아무렇지 않게 말했지만 메시지에는 숨길 수 없는 기쁨이 드러났다.

모건 르 페이는 왕도 다르키아델에서만 파는 한정 홍차 브랜드를 부탁했었다. 로렌은 바쁜 와중에도 그녀에의 선물로 잊지 않고 홍차를 사가지고 왔다.

작년쯤에 모건 르 페이를 너무 무심하게 대했다는 것을 깨닫고 반성한 끝에 로렌은 그녀와의 관계 개선을 위해 대화를 나누었다. 홍차 선물은 그에 곁들여진 작은 노력이었다.

'귀여운 녀석.'

로렌은 한 번 픽 웃고 선물 보따리를 집어 들었다. 선물 보따리에는 홍차만 들어 있는 건 아니었다. 당연하게도 라핀젤에게 줄 선물도 들어 있었다.

지난번에 모건 르 페이에게만 선물을 한 적이 있는데, 그때의 일로 라푼젤이 단단히 삐쳐 버린 적이 있었다. 모건 르 페이도 어쩔 줄을 몰라 했었다.

'라푼젤도 의외로 어린애 같은 구석이 있단 말이지.'

라푼젤에게 줄 선물로 고른 것은 기계장치 장난감이었다. 고무줄을 동력으로 움직이는 단순한 구조로, 외견이 꽤 귀여웠다. 처음 선물할 때는 그리 비싼 물건도 아닌지라 이런 걸로 되려나 싶었지만, 이제는 망설임 없이 골라 올 정도가 되었다.

잊지 않고 선물을 챙겨 오긴 했지만, 약속 시간에 늦어버리면 그것도 본말전도다. 로렌은 걸음을 서둘렀다.

『전생부터 다시』6권에 계속…

초대형 24시 만화방

신간 100%, 샤워실, 흡연실, 수면실(침대석), 커플석, 세탁기 완비

■ 시흥 정왕25시점 ■

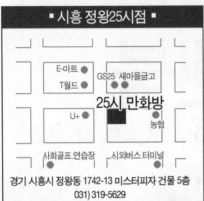

경기 시흥시 정왕동 1742-13 미스터피자 건물 5층
031) 319-5629

■ 강북 노원역점 ■

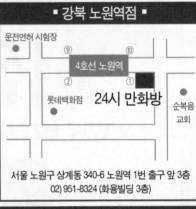

서울 노원구 상계동 340-6 노원역 1번 출구 앞 3층
02) 951-8324 (화용빌딩 3층)

■ 일산 정발산역점 ■

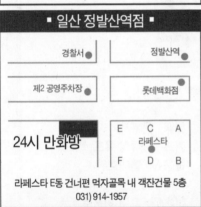

라페스타 E동 건너편 먹자골목 내 객잔건물 5층
031) 914-1957

■ 일산 화정역점 ■

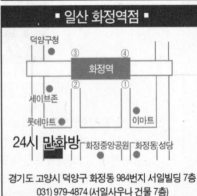

경기도 고양시 덕양구 화정동 984번지 서일빌딩 7층
031) 979-4874 (서일사우나 건물 7층)

■ 부천 역곡역점 ■

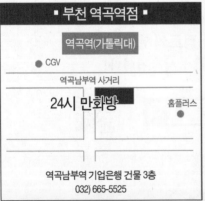

역곡남부역 기업은행 건물 3층
032) 665-5525

■ 부평역점 ■

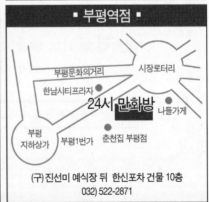

(구) 진선미 예식장 뒤 한신포차 건물 10층
032) 522-2871

이계진입 리로디드

임경배 퓨전 판타지 소설

FUSION FANTASTIC STORY

『권왕전생』 임경배의 2015년 신작!

『이계진입 리로디드』

**왕의 심장이 불타 사라질 때,
현세의 운명을 초월한 존재가 이 땅에 강림하리라!**

폭군으로부터 이세계를 구원한 지구인 소년 성시한.
부와 명예, 아름다운 연인…
해피엔딩으로 이야기는 끝인 줄 알았건만
그 대가는 지구로의 무참한 추방이었다.
그리고 10년 후……

"내가 돌아왔다! 이 개자식들아!"

한 번 세상을 구한 영웅의 이계 '재' 진입 이야기!

Book Publishing CHUNGEORAM

유행이 아닌 자유추구 -
WWW.chungeoram.com

SOKIN 장편소설

FUSION FANTASTIC STORY

2016년 장르 문학 사이트 연재 1위!

『코더 이용호』

이류 대학 컴퓨터과학부 출신 취준생 이용호.
어느 날, 그의 머리 위로 번개가 떨어졌다!

정신을 차린 그의 눈앞에는, '버그 창'이 있었다.

"모든 해결책이… 보여!!"

누구보다 빠르고 정확하게.
톱 코더의 능력을 가진 남자.
야생의 대한민국 IT 업계를 정복하고
세계 정상에 서리라!

Book Publishing CHUNGEORAM